清明无战事

张石山 著

山西出版传媒集团
山西人民出版社

图书在版编目（CIP）数据

清明无战事 / 张石山著．—太原：山西人民出版社，2015.7（2017.2 重印）

ISBN 978-7-203-09042-7

Ⅰ．①清…　Ⅱ．①张…　Ⅲ．①长篇小说—中国—当代　Ⅳ．①I247.5

中国版本图书馆 CIP 数据核字（2015）第 097049 号

清明无战事

著　　者：张石山
策　　划：李广洁
责任编辑：吕绘元
装帧设计：谢　成
出 版 者：山西出版传媒集团・山西人民出版社
地　　址：太原市建设南路 21 号
邮　　编：030012
发行营销：0351-4922220　4955996　4956039　4922127（传真）
天猫官网：http://sxrmcbs.tmall.com　电话：0351-4922159
E－mail：sxskcb@163.com　发行部
　　　　　sxskcb@126.com　总编室
网　　址：www.sxskcb.com
经 销 者：山西出版传媒集团・山西人民出版社
承 印 厂：山西出版传媒集团・山西人民印刷有限责任公司
开　　本：720mm×1010mm　1/16
印　　张：13.5
字　　数：143 千字
印　　数：14001—18000 册
版　　次：2015 年 7 月　第 1 版
印　　次：2017 年 2 月　第 3 次印刷
书　　号：ISBN 978-7-203-09042-7
定　　价：30.00 元

如有印装质量问题请与本社联系调换

文化的对抗

——《清明无战事》自序

《清明无战事》这本小说，最初的构思是要写一部电影剧本。

电影，是一门综合艺术，编剧完成之后，离不开导演和演员的再度创作。当然，所谓剧本，乃是一剧之本。单单就剧本而言，和小说颇有共通之处，可谓大同小异。究其关键，要而言之，无论剧本还是小说，都是在讲故事。笔者所以写出《清明无战事》这样一个故事，说来有点缘由。

2005年，抗战胜利六十周年，笔者曾经出任首席编剧，改编马烽、西戎原著，完成二十集电视连续剧《吕梁英雄传》。该剧在当年中央电视台播出，大致是同时同类题材电视剧中上好的一部。由于各方面局限，该剧多有不尽如人意之处。拍摄完成的作品，没有完全体现出笔者剧本所要达到的高度。

2015年，是抗战胜利七十周年，笔者希望自己在影视作品创作方面有所举动、有所突破。于是，有了写一部有关题材电影的动机。

所以动心要写一部抗战题材的电影剧本，不是谁的指令部署，笔者在主观上有更为深层的内在驱动力。

就笔者的有限观赏所及，中国抗战题材的影视作品，粗制滥造者太多，精品阙如。一般编剧的套路，令人生厌：鬼子残暴而愚蠢，我们的抵抗则坚决而惨烈，最终是我们大获全胜。浅薄粗俗，不一而足。

全人类反法西斯战争的胜利，过去了七十年。作为影视作品来反映、反思那场战争，我们和西方的差距之大，不可以道里计。即便与苏联相比，我们同样难以望其项背。这样的状况和中国的经济发展不成比例，与东方泱泱大国的形象不符，这足以令人惭愧，令人耿耿于怀。

原因自然是多方面的，而怨天尤人无济于事。中国人为反法西斯战争付出了无与伦比的惨烈代价，在影视艺术的表达方面，绝不应该只是关起门来自说自话、自我欣赏、自我陶醉，早已应该走出去，或曰"打出去"。

身为一名中国作家，笔者是否能够超越平庸，写出具备走出国门、走向世界那样水平的作品来呢？

首先，这要牵扯到对中国抗战的理性认识。

改革开放以来，国人迎来了伟大的思想解放。重新认知抗战，不再是禁区。这方面，国人已经达成了许多共识：

抗战对于中国，是中华民族近代百年屈辱失败史上的第一场大胜；亡国灭种的危机，激活了中国全民的抵抗意志；这是一场全民抗战，决非一党一军可以独自胜任。

种种共识之外,笔者也逐步形成了属于自己的独立思考。

笔者认为:

从全球格局来看,第二次世界大战是全人类众多伟大文明与反人类的德日意法西斯的大决战;中国抗战,是伟大的华夏文明对日本军国主义法西斯的殊死抵抗;中国抗战,是反法西斯大格局中东方战场最伟大的事件;同时,中国抗战,是华夏文明与全人类文明的协同作战。

当然,任何文学创作最忌讳外在说教,作家所有的思考必须通过讲述故事与刻画人物自然流露出来。

在《清明无战事》这个故事里,笔者着力塑造了一位曾经的乡绅。

在中国漫长的历史中,多是小政府大社会的格局。乡绅,在事实上成为乡土自治维系乡间社会平衡的中坚。在和平年代,他们是行为示范、道德表率;在国难当头的时节,他们毁家纾难,垂范千秋。他们多数并非虚构的阶级敌人恶霸"黄世仁",而是山西抗战史上开明士绅刘少白、牛友兰那样的人物。他们身上曾经最多保全了中华文明、士子传统。

理直气壮歌赞这样的人物,正是理直气壮歌赞华夏文明。

自鸦片战争以来,古老的东方帝国与西方现代文明乍然相遇,连连败退。一种极具破坏力的思潮铺天盖地:我们的文明已然落伍,不配保全,不可信赖。在这种思潮之下,于是将清政府的政治腐败、经济滞后、军备落伍等,一股脑儿归罪于华夏文明。

华夏文明到底是怎样的一种文明呢?我们要不要热爱弘扬这一文

明？这个问题极其严肃。

笔者坚定地认为：战争或有一时之成败，并不能就此判断文明之高下。成吉思汗的蒙古铁骑横扫欧亚，岂能证明当时欧亚文明就落伍落后！

文明对话方面，我们的文明博大精深，强韧厚重，浩浩乎存于天地之间，卓然挺立于世界文明之林。

我们的伟大文明，从来没有失败过。

仁者无敌。我们的文明根本就没有敌人。

全球抗击法西斯战争的伟大胜利，说到底正是全人类文明的胜利；中国抗战的胜利，则是华夏文明的伟大胜利。

在《清明无战事》这个故事里，在那一特定的历史环境中，中国曾经的乡绅身上所葆有的华夏文明，形成了与日本侵略者所推行的法西斯文化最直接的对抗。法西斯文化的残暴无耻暴露无遗，而华夏文明雍容博大，强韧无比，凸显出永远不可被战胜与征服的无与伦比的生命力。

不曾被入侵者的刺刀和滑膛枪征服的华夏文明，却遭到了中国人自己的践踏、糟害，这是极其令人痛心的事实。

历史发展到当今，抢救与恢复传统文明的呼声不绝于耳。强韧的华夏文明屡经劫难，总是能够劫后余生。大地在、山河在、人民在，给人以伟大的信心。

《清明无战事》日后或许能够拍摄成为一部电影吧。现在，多承山西人民出版社的同仁襄助，这个故事首先能以小说的面目呈现给读者，希望读者诸君喜欢。

在此，笔者衷心感谢山西人民出版社的朋友同仁！

开 篇

当唐汉宸得知自己将被鬼子处决的那一刻，仿佛一件悬心的事情终于有了令人满意的结果，他的心里确乎几分安泰、几分妥帖。进号子来送饭的毛莠子，神色恍惚着，该是有什么重大消息想讲给唐汉宸，但又不忍说出口来，舔唇咂嘴的，表情拿捏不好，好似装笑，分明像哭。唐汉宸猜到了几分，鼓励道：

"毛莠子，有什么话，你就说吧。我这儿全凭你通报消息哩，你给咱说吧！"

毛莠子看了唐汉宸一眼，忙又顺下眼皮：

"唐先生，我听得大太君好像是说，留着人没用了，要、要执行处决。"

毛莠子说出这样的消息，瞟起眼皮看看唐汉宸，愈加装笑像哭的样子：

"日本话，我也只是听个一半二体的，怕是不的确。——唐先生，你别往心里去，或者是我听错了也不尽然。咱先吃饭？"

唐汉宸心里顿时明白了几分，在土炕上盘腿坐定，开始吃饭。胃口不坏，心情也好，一餐牢饭，吃得粒米不剩。

这次上炮台，唐汉宸原本就抱了必死之心，宁死也不会答应岛田的条件，结果还能是怎么样的呢？舍生取义、求仁得仁，人固有一死，要的不过是死得其所。作为一个中国人、一个身在乡野耕读传家的庄户主儿、一个乡邻们看重的乡绅、一个读过四书五经圣贤书的读书人，唐汉宸活到耳顺之年，平生最看重的不过是名节。"人生一世，草木一秋"，"雁过留声，人过留名"，"宁留哭声，不留骂名"，圣人化民成俗，老百姓口口相传的这些话语，果真微言大义。如此说来，岛田最终决定处决自己，倒不妨说也是成全了自己。

到绑赴刑场，后脊梁那里插了亡命旗，唐汉宸不放心，特别问了一声。岛田的翻译官，那个老百姓私底下称作高丽棒子的朴姓朝鲜人，字正腔圆告得明白：

"唐先生，这亡命旗是我写的，汉字写得不好，见笑了。七个字，你老听好了——'抗日分子唐汉宸'！"

于是，在游街示众的现场、在汉王镇的大街上，唐汉宸不禁仰天大笑：

"哈哈哈哈哈！'抗日分子'，这个名堂好哇！我唐汉宸今番死得其所，进得了祖坟，对得起列祖列宗啦！"

"抗日分子"，这个名堂好哇！游街示众，绑赴刑场，这样的做派，排场执事的，也颇合自家心思。汉王镇说不上是人山人海、万人空巷，至少也是比肩继踵、妇孺皆知，唐家山的唐汉宸背着"抗日分子"的名头，被日本鬼子处决掉了。这样，自己的名节得以保全，做成了一桩铁案。至于唐家山村子里，还有谁谁非要说我唐某人是汉奸，那也随他去说好啦。

商家铺面一干熟人，高情厚谊端上来三碗送行老酒。唐汉宸举酒过顶，一碗敬献了天地诸神，一碗奠酹了祖宗先人，第三碗徐徐饮干。然后，脚步挺挺，身不打晃，直橛橛走向刑场乱葬岗。当时人所共见：唐家山的唐汉宸，临危不惧，一派从容，面不改色，脸上甚至带着几分笑意。

不过，在唐汉宸料定自己必死的最后一段日子里，乃至在他步向刑场泰然赴死的最后稍纵即逝的时光里，他无法全然放下。对了，该是"放下"这样一个字眼。一个想法、一个念头，纠缠如毒蛇，执着如恶魔，纠结于心，挥之不去。

——日本鬼子占尽优势，有枪有刀；枪是三八枪，刀称东洋刀。杀生害命浑闲事，杀人赛如割草。唐汉宸号称当地"一杆旗"，承蒙村人看重，自家也觉得责无旁贷，形势所迫，事情明摆着，不得不出面和鬼子周旋。是啊，只能叫作周旋，无法说成是对抗。种地的农人老百姓，手无寸铁，怎么和鬼子对抗？唐汉宸出面和鬼子头目岛田费尽心机竭力周旋。在和岛田的这场周旋中，令唐汉宸无法放下、不能释怀的是：

自己是不是每一步都走对了？

四条人命，活生生的四条人命，都被鬼子残害了。

唐小顺，不过十三岁的一个孩子，被日本人当作靶子活活刺死。保罗，小河湾教堂的青年传教士，被岛田亲自开枪打死。夏樱桃，民兵队队长李开方的女人，不甘受辱，被凶残的龟尾中士乱枪毙命。最是安如玉，那个怀有身孕的女人，她的丈夫、国军连长已然为国捐躯，可怜可叹为着给男人留下一点血脉，含垢忍耻，受尽了禽兽们的轮奸侮辱，最后的结果也是刎颈自杀。

四条人命啊！如果一切都能从头来过，我唐汉宸到底有没有机会、有没有可能挽救这四条人命？我唐汉宸一死不足惜，可那四条人命还都年轻啊！我唐汉宸不惧一死，争得了一个名节不亏，那四条活生生的人命呢？我唐汉宸真的敢说：

我和鬼子头目岛田周旋应对的每一步，都走对了吗？

走着，想着，这就来到乱葬岗了。

隔年的衰草卷曲枯黄，初春刚刚萌生的小草新芽，挣出地面，透着嫩绿，支支挺立。料峭春风，顺河吹来。

乍然间，顺河风中传来小河湾教堂悠扬沉缓的钟声。

卫德迈主教，是用他那千里眼看到这儿的场面了？还是心有灵犀感觉到这即将发生的事情了？

唐汉宸宁可认为，这是那位美国传教士朋友在为自己送行。沉缓悠扬的钟声里，三八大盖的枪声响起。唐汉宸最后的意识里，他扑向自己生于斯长于斯的这片山川大地……

CHAPTER 01
第一章

1.

数月前，冬日的一个清晨。

当小河湾教堂晨祷钟声响起的时分，汉王镇炮台的日酋岛田，已经开始部署突袭教堂的军事行动。

天色麻麻亮，视界里一派朦胧。寻常遥遥在望的教堂，此刻影像模糊。四野宁静，钟声喤喤，愈加袭人耳鼓。

在炮楼顶上，岛田摘下望远镜，开始面向龟尾中士等日军训话：

"帝国海军奇袭珍珠港，大获全胜。美对帝国正式宣战，现在到了我大日本帝国将欧美同盟国的殖民势力彻底赶出支那大地的时候！支那，如果是一块肥肉，那也绝对应该是我们大日本帝国的盘中餐！眼前的这座美国人主理的教堂，我不想再听到有钟声敲响！"

龟尾中士打着立正，响应道：

"岛田中尉，需要攻占教堂、杀光美国人吗？"

岛田几分不屑地在鼻子前甩甩手掌：

"龟尾中士，作为天皇陛下最忠勇的战士，你应该明白：进入支那，杀人当然是必要的，但我们要统治全部支那，只会杀人是远远不够的。我们要懂得攻心为上。眼下，我们要揭穿美国教会的伪善面孔，要痛击那些竟然在帮助美国人的支那人！——这些，你能明白吗？"

龟尾果然不明白，立正打得愈加标准，脸上是十足的颟顸不解。

岛田撇开龟尾，向身边的传令兵做了个手势：

"叫疤瘌五集合特务队听命！"

一面说，一面当先步下炮台。

自打占领了这一带平川地面的汉王镇，鬼子就建起了这座炮台。炮台立在镇子边上，面向吕梁山，控扼通衢大道。炮台所依托的驻兵建筑，是左右并列的两座大院。外院驻扎伪军和特务队，有个大门，大门外开了壕沟，壕沟上架着吊桥。里院通着炮楼，岛田的中队部占了上房，两厢是鬼子两个班兵力的宿舍和饭堂。炮楼根底，靠着院墙一带，立有几根木桩，寻常绑着草人，供鬼子兵练习刺杀。

这几天，木桩上绑着的是日军抓获的俘虏。说是俘虏，其实也就是几个外乡人，有跑单帮做小生意的，有的只是讨饭的乞丐。鬼子抓了来，说是抗日武装的暗探。胡乱审问几句，原也不指望能审出什么口供，结末都绑在木桩上，蒙了眼睛，布团塞住口腔，被当成活靶子来练刺杀。

瞥见大太君，现场监督士兵训练的三木曹长愈加卖力，厉声发令。

几个鬼子奋勇突刺，口中齐齐发出"呀它呀它"的呐喊，枪刺扎入人体，扑哧扑哧地作响。俘虏们胸腔腹部咕嘟咕嘟冒着血沫，痛苦地扭动身躯，被封堵的口腔里发出惨烈的嘶喊。

三木打着立正报告：

"报告中队长，用土八路俘虏练习刺杀，提高士兵的勇气战力，大有效果！"

岛田见惯不惊，略微皱皱眉头，在耳边随便摆摆手，径自去向外院。

这回，龟尾立即看懂了大太君的表情和手势含义，夺过一柄枪刺，接连几个标准的突刺，分别刺中了几名俘虏的心脏。

外院这里，特务队队长疤癞五手下一干人，长袍短褂的，不成队形。炮台上雇佣的杂役毛莠子扫了半截院子，放下扫把要去处置尸体。疤癞五歪着一张麻子脸来调笑：

"毛莠子，今天又有美差干啦！埋一具尸体五毛钱，嘿呀，这是一块多现大洋！"

毛莠子不好和疤癞五翻脸，嘟囔着回嘴：

"队长就会说便宜话。拉尸首、埋死人，叫美差？唉，无名无姓的，可怜人呀！"

看见岛田、龟尾和翻译官走出来，毛莠子赶紧避开一边。

疤癞五一声"立正"，一干汉奸们挺胸凸肚七歪八扭的；疤癞五赶前两步，摘下宽檐礼帽点头哈腰：

"大太君，特务队全员到齐，听候命令！"

岛田虽然军阶只是中尉，但号称中国通，会一口流利的汉语。此刻一脸正经颜色，开门见山：

"我们大日本皇军，进入中国，要从欧美殖民者手中解放中国，要解救你们中国人。根据你的报告，唐家山村民和小河湾教堂的美国人往来密切，情况令人非常失望！"

疤癞五连忙捧哏：

"是令人失望。中国人糊涂到家，就分不清个好赖嘛！"

岛田接着说：

"唐家山，明面儿上维持皇军，暗中却帮助美国人，这是典型的忘恩负义、认敌为友！"

疤癞五继续捧哏：

"是认敌为友，是忘恩负义。唐家山还秘密成立了民兵队，分明就是要对抗皇军！"

"对抗皇军，绝对不能容忍！"

"是不能容忍，绝对不能容忍！"

"我们向美国人发出通牒，要他们解散孤儿院，今天已到通牒最后期限。美国人将要转移那些孤儿，我料定唐家山一定会有人协助美国人。今天的任务，把那些认敌为友的中国人，无论男女，统统抓来！特务队率先出动，龟尾中士做你的后援！"

能给鬼子服务打前站，疤癞五脸上麻点放光：

"特务队保证完成任务！"

岛田做了个出发的手势，值岗伪军打开大门，放下吊桥；疤癞五整好帽子，招呼一干手下，迤逦歪斜蹿出炮台大院。

2.

比炮台上的鬼子出发还要早,在小河湾教堂的晨祷钟声敲响之前,唐家山已经有人动身了。

冬日天短夜长,村里已然鸡叫三遍,天色方才麻麻亮。唐家场院这里,车夫唐二忠早已添草加料,喂饱牲口,手脚麻利,开始备车。唐家小厮唐小顺不过十二三的年岁,一向勤快,也奔来帮着备鞍鞯、顺套绳。

两个女人,夏樱桃和安如玉也在唐家大门上碰了头。安如玉有孕在身,刚刚唐小顺还大人似的发话来关照:

"如玉姑姑,你有身子,稍等等坐上咱的大车吧!"

安如玉文静地笑笑,没有接话;夏樱桃泼辣风火的,点着唐小顺的鼻子笑骂:

"小挨刀的,才从娘肚里出来几天,你还知道甚的身子啦?你给老娘我说说,啥叫有身子?"

唐小顺调皮地看看两个女人的肚子,嬉笑着回嘴:

"嘿嘿,这还难住我啦?我姑姑有身子,就是肚子大了;你肚子不大,就是没身子!"

总是听见外面的话题了,大门洞里传出唐汉宸故意咳嗽的声音;李开方迎着唐汉宸,走出大门。

唐小顺连忙跑走,去了场院那边;夏樱桃也当即收口,不再笑闹;安如玉双手秉在腰际,向唐汉宸微微点头施礼问安,声音轻轻地:

"舅舅,你也早早起来啦?"

唐汉宸看看安如玉,说:

"教堂那里,估摸卫先生都安顿好了。孤儿们一旦转移,你们两个也就没什么帮工的营生了。按说,今儿个不去那场合也成。"

其实,唐汉宸也觉得安如玉有孕在身,不宜过分劳碌。只是,作为一个男性长辈,这般话题不便明言。

安如玉嗫嚅着,想说什么,一时口讷;夏樱桃已经开口了:

"汉宸叔,教堂里是没有什么营生了。可是,我们给卫先生那儿帮工也两三年了,和那些孤儿娃娃们都亲得一家似的,和嬷嬷们也都成了姐妹。这回,孤儿、嬷嬷们都要走,谁知道哪年哪月才能再见上。汉宸叔,你说,我们不该过去看看?不该过去说句话?不去见见面、不去说说话,心上哪能下得来。汉宸叔,你说,是不是这么个理儿?"

李开方,夏樱桃的男人,听见老婆这一气说,正色道:

"汉宸叔说了一句,听听你这连珠炮!"

少年夫妻,打逗惯了,即便在唐汉宸老先生跟前,夏樱桃依然嘴上不饶人:

"刚刚当上两天民兵队队长,当着外人教训开老婆啦!咱是一日夫妻百日恩,平头夫妻没大小;我就是这么一张嘴,谁让你找上我来当老婆啦?——如玉嫂子,咱们走!——稀饭在灶火上温着,窝窝在火炉台上烤着,你自个儿吃饭,吃饱了洗了碗!"

两个女人不等大车备好,就那么相跟着出了村。

接着,唐家的大车也出动了。唐二忠爱惜牲口,等大车出了村口,骡马腿脚活动开了，这才半天里绰个鞭花。

唐家大车和两个女人，打早起来上教堂，其实唐汉宸和李开方昨晚就合计好了。事先，都没觉得有什么不妥。

两天前，听说岛田派人向教堂发出通牒，要限期解散孤儿院，唐汉宸和李开方就操上了心。鬼子杀人放火、草菅人命，父母家人被杀害，那些孤儿们该有多可怜。教堂主事，那美国人卫德迈先生说这叫战争孤儿。几年来，卫德迈成立起孤儿院，救助了本地几十个娃娃。行好积善，这碍着日本人什么事儿啦？卫德迈据理力争，岛田盖无通融。日本鬼子，不通人性，断无道理可言。只是乍然解散了孤儿院，几十号孤儿，总得找个安置办法。

经过紧急联络，卫德迈的上级教会和中国地方政府磋商沟通，达成谅解：中国方面同意在黄河西岸的陕西地面提供安置孤儿的处所，并资助维持孤儿院的钱物若干。但小河湾孤儿院紧靠日军占领区，政府不便派人前来接人；须得教堂方面自行组织力量，将孤儿护送到指定地点。从小河湾教堂，一路向西，进了吕梁大山，也就十多里路程。

唐家派出大车，帮忙拉运行李杂物，连带拉上几个年龄太小走不得远路的小孩子。夏樱桃和安如玉帮着收拾安顿，同时和嬷嬷、娃娃们道个别。如此安排，这般考量，有什么不妥呢？

原本，民兵队也想出动帮忙，但卫德迈不同意。美日之间开战，当下形势进入极其敏感的阶段。转移孤儿这件事，尽量不要让鬼子抓住什么把柄。唐汉宸觉得卫德迈的考虑几分在理。转移孤儿，最好不要节外生枝。

民兵吕三太笑话卫德迈,说那美国人快让日本人给吓死啦。夜来当众拍着胸膛嚷叫:

"怕什么?我们民兵队上教堂,哪就那么巧,能正好撞上鬼子?撞上小鬼子,大不了痛快干一仗!打死一个鬼子够本儿,打死两个赚一个!"

听得吕三太这样讲话,唐汉宸就愈加不赞成民兵出动。李开方凡事尊重唐老先生的意见,民兵们果然就没有出动。

千般小心、万般在意,谁知道竟然能出了后来的大事呢!

两个女人,夏樱桃和安如玉,还有唐小顺,竟然被鬼子抓上炮台,再也没有回来。

——尽管这件事情超出人力所可把控的范围,但事后每当回忆至此,唐汉宸依然心尖痛楚:活生生的三个人,就在那个早上,就在自己眼前,就那样走上了黄泉路。

3.

当钟声止歇,尚有余响回荡天际的时分,卫德迈开始主持孤儿们转移前的最后一次晨祷。

教堂拱顶下,几十个孩子整整齐齐地站成一个小小方阵,嬷嬷们在方阵前一队横排,大家在卫德迈的引领下齐声祷告:

"上帝,我把我今天的一切意愿、一切代价都献给你。这是我献给你的一份礼物,这是我献给你的一束鲜花。请你收下吧,阿门!"

夏樱桃、安如玉提早到来，帮着嬷嬷们打包好了包裹行装，此刻站在教堂通往后院的侧门那儿，旁观这次不同寻常的晨祷。中国人嘛，原本不信教，上帝、圣母的，听上去也不如咱的老天爷、观音老母那么熟悉。不过，平常干罢手头活路，帮工的中国人总爱旁观教堂里的种种布道祈祷。那些话语，女人们也听不懂，觉得总是叫人行善积德的好话。几个三四岁的小娃娃，说话尚且口齿不清，磕磕绊绊的也在那儿跟上大伙儿念叨。

大伙儿念罢祷词，卫德迈在讲台上满面慈祥地对孩子们进行最后的交代。他的声音照例那样浑厚平和，灌满了整座教堂：

"孩子们，美国对日本宣战了；汉王镇的日本人强迫我们解散孤儿院，还要驱逐传教士离开中国。没有上级教区命令，我卫德迈绝不会离开小河湾教堂。至于你们这些战争孤儿，我的孩子们，中华民国地方政府已经答应，将帮助大家渡过黄河；黄河西面，没有日本军队，没有战争，你们将在那里得到很好的安置。看护你们的嬷嬷们，会始终和你们在一起。政府方面派人在后山指定地点等候你们，一位中国农民、唐家山那个大个子车夫，将给大伙儿带路。现在，我的孩子们，愉快告别，勇敢上路吧！愿上帝保佑你们！"

卫德迈讲罢，抚着胸前的十字架，仰视教堂拱顶。那儿，耶稣圣像悲悯下视。

孤儿们在嬷嬷们的引领下，井然有序地离开教堂，去向后院那里。

夏樱桃和安如玉看着孩子们鱼贯离去，同时和嬷嬷们道别。一位嬷嬷还轻轻地拥抱了一下安如玉，指着她的肚子说了句什么祝福的话语，安如玉眼圈就发红了。

教堂后门，一条沙土路通往后山。唐家大车装满各种包裹行李，用绳索绑扎停当。大些的孩子自个儿走前去了，五六个小孩子，唐二忠一手抓起一个，三下五除二都拎上大车。随后使鞭杆戳戳驾辕骡子的胯部，牲口拉动车辆。蹄声笃笃，车声辚辚。

卫德迈和保罗在钟楼顶上，看着孤儿转移的队伍渐渐远去。刚刚松了一口气，保罗扭头回望汉王镇方向，这就看见汉奸疤痢五和鬼子龟尾率领的两队人马先后冲教堂而来。

保罗当先奔下，忙到教堂正门那儿去应付。卫德迈握紧胸前的十字架，一直目送孤儿们的身影统统在视界里消失。

教堂前院，夏樱桃、安如玉正在晾晒床单、窗帘，唐小顺也下手扫院，清除垃圾。几十号人留下的摊子，总该帮忙清理清理。莫说素日前来帮工，教堂里还给大伙儿支付工钱。就算没工钱，比如相好邻家遇上事，是那么个人情世理。

汉奸们猛然踹开大门，气势汹汹闯了进来。

保罗刚刚奔来，张开双臂要阻拦，被推搡到一边；女人家给吓了一跳，忙就躲避。

几个汉奸掏枪拦住，那疤痢五上前两步，先瞅瞅护着肚子的安如玉，阴阳怪气地发话：

"哈哈，这不是国军连长的太太吗？你男人让皇军打死，你不在家乖乖守孝，却跑得教堂来和美国人鬼混！"

疤痢五一边口中胡说，一边竟然拿手枪管子来指戳安如玉的肚子：

"嚯！还挺着大肚子！男人早就死屌啦，你这怀的是什么人的种啊？"

夏樱桃再也看不下去，冲过来打开疤癞五的手臂：

"疤癞五，本乡地面的，抬头不见低头见，你多少积点德吧！"

疤癞五斜拧脖颈，枪管快要点着夏樱桃的脑门：

"好你个夏樱桃，我正要找你！听说你男人偷偷成立了民兵队，还是什么什么的队长。唐家山的几个欺负土圪垯的土包子，想要翻天吗？明告诉你，当今的中国，是我们皇军的天下！你们两个女人，不在家里老实待着，来这儿帮着美国人干活。你知道吗？大日本和美国宣战啦！帮助美国人，就是对抗我们大日本皇军！——来人，给我抓起来，抓上炮台问罪！"

听得要抓上炮台，女人们可就急了。汉奸们动手抓人，安如玉白了脸，死命挣扎；夏樱桃发疯似的，和几个汉奸撕扯。保罗操着生硬的汉语，冲上前阻拦：

"No，No！在我们美国人管理的地方，不许你们胡来！"

保罗和汉奸们动了手，唐小顺也扑上去助拳，尖声吼叫：

"不许欺负女人！"

院子里登时混打成一团。

卫德迈快步赶到，连忙护着两个女人退入教堂。

本乡地面，况且在美国人的教堂，汉奸们到底不便大动干戈。两厢里正那么僵持着，龟尾带领队伍来到。七八个日本兵挺着枪刺，军靴声咔咔的，全副武装闯进教堂。

夏樱桃、安如玉缩在卫德迈身后。

卫德迈表情愤怒，指指教堂拱顶，厉声申斥：

"这里是教堂圣地，你们给我退出去！"

那龟尾目光冷硬，操起三八枪，瞄都不瞄，冲着耶稣受难像就是一枪。

灰尘飘荡，耶稣像在高处晃动半响，胸部弹孔赫然。

卫德迈一时错愕悲愤，连连在胸口画十字。

就在卫德迈面前，在耶稣悲悯的目光里，鬼子兵不由分说，撕头发、扯衣襟，将两个女人揪出教堂。

汉奸们在鬼子面前积极表现，两人一组，分头抓胳膊、扯衣领，牢牢控制住了两个死命挣扎的女人。

卫德迈追出来，手之舞之地要说什么，被鬼子用枪刺逼在教堂门框上，动弹不得。

夏樱桃脸色煞白，安如玉眼神惶惶。看见两个女人被抓，唐小顺不管不顾的，尖声吼叫：

"疤癞五，你们欺负女人！"

疤癞五抬腿当胸一脚，将唐小顺踹倒在地。

保罗要冲上去抢人，被鬼子使枪托没头没脑一阵乱捣，额头立时淌血。

疤癞五看看龟尾脸色，示意手下将保罗和唐小顺也一并控制了：

"这个小兔崽子、这个美国鬼子，胆敢对抗皇军，和这两个臭娘儿们一道，统统抓回炮台！"

夏樱桃冲着疤癞五叫骂：

"疤癞五，你这个狗汉奸！汉奸狗！中国人迟早饶不了你！"

"嚯！这个时候你还耍母老虎啊？让大太君把你放到慰安所，今儿夜里皇军就打了你排子枪！"

一般鬼子军士，拒绝学说中国话，但"慰安所"三字却是耳熟能详。龟尾当即淫邪地微笑了，指指两个女人和保罗、唐小顺，命令疤瘌五：

"慰安妇的干活，开路开路的！"

鬼子汉奸要抓人离去，卫德迈不再被枪刺逼迫了，当即抢前几步，拦住去路，点着龟尾的面孔，要疤瘌五传话：

"你对这个日本人说——我是小河湾教堂的主管，传教士保罗是我的属下，几个中国人是我雇佣的杂役，日本人不能随便抓人。非要抓人，让他把我抓走好啦！"

被挡了去路，卫德迈的手指又几乎戳到脸上来，龟尾冷硬了脸子，从三八枪上摘下枪刺，抓住卫德迈的手，扑哧一声，用刺刀生生将一只手掌钉在了门板上。

卫德迈鲜血淌落，顺着衣袖从肘拐这儿淋上胸膛，淋湿了胸前的十字架。

CHAPTER 第二章 02

1.

将一个美国人、三个中国人抓回炮台，其中特别还有两个女人，岛田显得异常兴奋，口头大力表彰了龟尾和疤瘌五。

疤瘌五脸上麻点放光，夸张地表态，永远忠于大日本皇军什么的，心里却寻思：东洋小鬼子离家别口好几年，见了女人好比苍蝇见了血。唐家山的两个女人，被胡乱安上罪名抓来炮台，还不就是要她们当慰安妇？

疤瘌五这回却是猜错了。

鬼子兵见抓回女人来，窃窃私语的、窃喜的，岛田虎起了面孔，当众叽里咕噜训话一通。没有直截惩罚士兵，而是狠狠赏了龟尾和三木几个耳光。下令将外院两间东厢房暂做牢房，男女分头关押；伪军负责监管，毛莠子按时送饭。

伪军和汉奸们，一时估模不透岛田的葫芦里卖的是什么药。

岛田先在里院对日军全体士兵做了长篇训话，随后在他的上房中队部，召见了疤癞五和警备队的中队长侯聚奎。

中队部的正面后墙那儿，除了写有"武运长久"的一面太阳旗，还有一张本地的地图。岛田指着地图，耐心地宣讲了整个东方战场形势，随后讲到了本地形势。这样的话题早已多次讲到，属于老生常谈啦。侯聚奎开始还直着腰背，后来松垮下来；疤癞五一脸谄笑，笑得腮帮子发酸。

日军要打通东南亚航道，主要兵力去往南洋，放置在中国大陆的兵力有限，中日之间的战事进入所谓相持阶段。具体到本地形势，情况正是如此。日军占领了平川地面，国军和八路军则退守山地。除了军事扫荡，日方无法进一步扩大占领区，而中方只能持险固守，无法攻下山来。两厢里就那么僵持着。

但，眼下形势发生了变化。日军偷袭珍珠港，美对日宣战，太平洋战争爆发。中国方面认为，小日本四面树敌，尤其这回激怒了山姆大叔，中华艰苦抗战终于纳入全世界反法西斯同盟战线，中国有救了。而日方偷袭珍珠港大获成功，自认为尚且打破了美国不可战胜的神话，更不把中国放在眼里。

岛田滔滔不绝、长篇大论讲了半天，这才说到本次行动：

"你两个想到没有？我们到底为什么要抓回这几个中国人？"

侯聚奎和疤癞五当即竖直了耳朵。

"一点，我们要用这次行动警告所有中国人：不要对美国人抱有任何幻想。谁敢帮助美国人，谁就是和皇军作对！"

疤癞五连忙就又来捧哏：

"大太君说得对对的！糊涂油蒙了心，敢和咱们大日本皇军作对！"

岛田示意疤癞五闭嘴，接着道：

"最重要的一点，我这回要拿下唐汉宸！让他服服帖帖听从我们的意志！"

说到唐汉宸，几年来确实成了岛田的一块心病。鬼子占领汉王镇之初，就听说唐家山的唐汉宸是本地"一杆旗"。为人端方，熟读诗书，在民间极具号召力。汉王镇成立维持会的时候，岛田曾经派出翻译官备了礼物登门，唐汉宸硬是不给面子，不肯出任维持会会长。唐家山的村民，也给日伪政权这面交钱纳税，据说唐汉宸从中是做了说服安抚的功夫。但岛田始终认为，唐汉宸表面看似服帖，骨子里是不配合。

岛田讲到"拿下唐汉宸"，疤癞五拿个棒槌就认了真：

"大太君，我们特务队这就出动，立马将唐汉宸生擒活拿，绑上他来见大太君！"

岛田摆摆手，微微一笑：

"我要对唐汉宸动武，岂能等到今天？'用兵之道，攻心为上。'我要他自己主动上炮台，乖乖求到我的面前来！"

疤癞五眼珠骨碌着，一时不知如何应对，倒是侯聚奎有几分明白：

"两个女人抓上炮台，唐家山还不炸了锅？估计唐汉宸总得亲自出面啦！"

岛田给说中心思，坐回椅子上去，手指在桌上敲着鼓点，好生惬意。

2.

唐家山的村民两头纳税的日子，已经熬了几年。不能说过日子，只能算熬日子。

这一带地处吕梁山，抗战以来八路军建立了晋绥边区。唐家山就在边区的边边上，和日本鬼子的占领区接壤。边区政府要大家交公粮，咱的队伍咱的政府嘛，大家自然得交。可唐家山原本归属山下的汉王镇，汉王镇成立了日伪区公所，也要让村民纳税。少数户头嚷嚷过要抗税，老百姓赤手空拳，怎么抗？汉奸们诈唬说，胆敢抗税不交，日本人就要来杀人放火。老百姓嘛，什么样的日月都得过。两头缴税也罢，但求一个平安无事。

赤贫户头，像吕三太那样的主儿，吃了上顿没下顿，莫说两头缴税，连一头都不肯缴，嘴上还要说：

"给日本鬼子纳税，就是汉奸！"

说也只能紧他说。唐汉宸名下地亩多，连那些人家的税款一并缴纳罢了。

这样的日月何时是个头呢？唯愿咱的抗日队伍多多打胜仗，盼着有那么一天打跑天杀的日本鬼子。前两天，通文识字的唐汉宸，听说了美日开战的消息，还给村人讲说过"咱们中国得道多助，哀兵必胜"的道理。

道理归道理，抗战胜利尚遥遥无期。眼下的现实是，那消息犹如晴天霹雳：两个女人，还有唐小顺，没来由地被抓上了炮台。

周边村社，无论男女，凡给抓上炮台的，例子多多，多半是九死一生。人命关天，唐汉宸哪里还能坐得住？唐家大车送罢娃娃们，唐二忠刚刚带回那惊人的消息，唐汉宸不等事主登门，先就主动上安如玉婆婆这儿来了。

安如玉的母亲，说来还是唐汉宸的一个远房堂妹，嫁到外村；安如玉嫁回唐家山，称呼唐汉宸舅舅。唐家山唐姓是大姓，安如玉婆家姓何，唐汉宸顶着娘舅的名头，平常与何家老太太以亲家相称。何家的家道也还殷实，老太太中年守寡，守盼着一个独养小子长大成人。那后生颇是长俊，考到省城太原去读师范，眼见是一派锦绣前程。待七七事变之后，日本鬼子进犯山西，那后生拍案而起，投笔从戎当了国军。国难当头，如此壮举颇得唐汉宸的夸许。今年入夏，那后生刚刚升任上尉，逆不得老母严命，告假潜回唐家山完婚，说来何家是双喜临门。谁知战场上果然是子弹不长眼，在一次和鬼子的遭遇战中，竟然饮弹毙命。

男人为国捐躯，安如玉尚且年轻。该守还是该走？娘家人颇费踌躇。失了独生子，好比塌了天，何家老太太又哭又吼的，几近疯癫。不用外人评断，婆婆这么个样儿，安如玉自己就不能说那再嫁的话题。婆媳两个暂先便那么相依为命。

过了不多日子，细心的女人们发现，安如玉的脸色身姿有些变化，原来竟是怀孕了。更细心的女人们掐着指头算，安如玉的身子果然是入夏成婚那几天有的。这么一来，寡妇老太太和寡妇儿媳的日子，仿佛有了新的盼头。安如玉言语不多，但也给舅舅和娘家人把话讲在了明亮处：我怀上了他的骨血，说下天来，我也得给他留下这一点血脉！

唐汉宸连连点头。外甥女话语讲得钢骨，纯然一派人情天理呀！

这样的一个媳妇被抓上炮台，何家面临的局面无疑便是雪上加霜。唐汉宸来到何家，得知方才老太太急火攻心闭过气去，几个邻家女人帮着舞弄，刚刚还阳醒转。见了唐汉宸，老太太就哭出声儿来了：

"我好命苦呀！我老婆子的光景咋过呀？我那亲家呀，你得往回救我那贤良的媳妇呀！"

女人们就都来看唐汉宸，一边叽叽喳喳：

"老太太哭出来就好啦！"

"这一家人寡妇失爷的，这可咋办呀？"

"他汉宸叔，可就全凭你啦！"

唐汉宸也只得先拿一些话语来安慰：

"亲家母，你先不要急，可不敢病倒了。如玉是我的外甥女，我自然要想办法救她。还有樱桃那媳妇子，我这就上开方那厢，和他合计合计，看看怎么办？恐怕是得上炮台交涉，该着我去，我就去见那鬼子的大太君。听听鬼子到底要个什么条件才肯放人。是要钱还是要粮？"

何老太太赶忙表态：

"亲家，只要救回我那媳妇，我老婆子就是卖房卖地都没二话！"

3.

出了何家，半道上唐二忠迎着东家，说教堂杂役来家里传话，卫德迈估摸唐汉宸定会上炮台交涉，特来相约出动时间。家里大车备好，牲口喂过，唐家老夫人开了柜，也已经数好了四百现大洋。唐汉宸点点头，主仆二人就一道上李开方院里来。

李家小独院，一色石砌窑洞和院墙。南墙根儿，一盘石磨上，吕三太唰啦唰啦地正在磨一柄生锈的大砍刀。

李开方虎着个脸，拎出煮饭铁锅，在房檐下的石阶上摔烂，用铁锤将铁片敲成小碎块，正往长管子猎枪里灌铁砂。

两条后生，瞟眼看看来人，都不说话。

唐汉宸看看这场面，就问：

"后生家，你们这是要干什么？"

吕三太还是只管磨刀，李开方恨恨地说：

"樱桃让鬼子抓走，我这光景是不能过啦！民兵队今黑夜上炮台去抢人！"

听得这样莽撞主张，唐二忠忍不住接言：

"你们民兵队，拢共一杆鸟枪，上炮台抢人，这、这不成吧？"

吕三太直起腰身，瞪着唐二忠：

"怕死不抗日，抗日不怕死！像你这号软骨头，不肯参加我们民兵队，我们民兵队还不稀罕哪！"

听吕三太如此讲话，唐二忠也立起眉眼，立马就要开言顶墩。唐汉宸咳嗽一声，唐二忠就把话咽了回去。唐汉宸不朝吕三太，只冲李开方过话：

"我说开方呀，咱的人被抓上炮台，谁心里能不着急？可咱们要救人，不能逞一时的血性啊。民兵队十来个人，就打上百十号人，没有硬头家什，能不能攻进炮台？救不回人来，再搭上几条命，合适不合适？"

李开方将猎枪倚在窗台那里，摊开两只手：

"依你老叔说，还能怎么办？"

"如玉家老太太，我刚刚也见了。我应承了老人家，我这就打划上汉王镇，到炮台上找那日本人的大太君交涉。看人家肯不肯放人，或者要个什么条件才肯放人。"

不等李开方回应，吕三太那儿又戗着话茬顶回来：

"指望日本鬼子放人？哼，你唐汉宸有多大的面子？你和日本人有什么交情？"

唐二忠再也忍不住：

"那依你吕三太说怎么办？扛上一个生了锈的大刀片子，日本鬼子就让你吓住啦？——东家，咱回家歇着去。救人的事，咱们等着看人家吕三太的！别人家的事，倒要东家你反过来求着替他们去出头啦？"

这么一说，吕三太哑了。李开方也不知道该怎么收场，抱着膀子蹲到房檐底。

唐汉宸末了说道：

"开方，老叔这么说吧。樱桃的事，虽是你的家事，在我唐汉宸眼里，就是咱唐家山的事，是咱中国人的事。能力大小吧，总得尽我的一份心力。成与不成，开方你先多少耐住点性子，我这就上炮台走一趟！"

4.

唐家山在一道山沟里，从村子到沟口有那么三四里。沟口就能望见汉王镇了，一条大道明晃晃，也有三四里。在唐家山和汉王镇当间，离大道不远处的一处向阳的山湾，村人称作小河湾。卫德迈主理的教堂，就坐落在这儿。

唐家大车出了沟口，卫德迈已经候在路边。见他包扎了右手的手掌，唐汉宸自是免不了询问伤情。

在唐汉宸眼里，卫德迈积年给周边村民诊病送药、救助孤苦，多有善举，而且是个读书人。不唯天文地理比自己懂得多，便是四书五经也多有涉猎。对这个美国人，唐汉宸心中一向存着几分敬重。平常多有往来，两人算是心知。卫德迈也是料定唐汉宸会为村人出面上炮台，所以才让杂役进沟里特别去相约一块出动的。

一路上，卫德迈一再表达他对几位善良的中国人的歉意。只是出于善意帮助教堂方面转移孤儿，反倒因此惹祸上身，卫德迈表示，一定要承担责任，不惜以身相代。

两人说着话，揣测着今番上炮台的种种可能的结果，汉王镇炮台不觉已是遥遥在望。

炮楼顶上，望远镜里，一切早已尽收眼底。岛田摘下望远镜，嘴角现出得意的笑容：唐家山的唐汉宸，还有那美国人卫德迈，果然不出所料主动登门来也。

炮台大院在镇子边上，控扼平川通衢大道。大门冲着山岭方向，一道壕沟横亘，依靠吊桥出入。一般情况下，吊桥白天放下，夜间扯起。

快到正午时光，吊桥平放，大门却紧闭着。唐家大车离开通衢大道、直奔炮台方向过来的时候，卫德迈还用树棍挑了一方白手帕示意前来交涉，免得误会。

大车上了吊桥，大门那里疤癞五手下几个汉奸扬手要大车停下。唐二忠在车辕那儿插好鞭杆，当先上前交涉。

汉奸们煞有介事的，将唐二忠搜身一回，然后招呼唐汉宸、卫德迈近前来，也要搜身。

唐二忠说：

"老五，队长，你们不能对两位先生动手动脚吧？"

疤癞五脸上麻点耸动，皮笑肉不笑的：

"唐先生、卫主教，对不起啦！皇军定下的规矩，咱特务队不得不然。"

搜身过后，大门还是不开；疤癞五手掌心朝上，向唐二忠作势要钱。

唐二忠故作不解。疤癞五另一只手，做出捏着银圆的样子，嘴边吹吹，拿到耳边听听。唐二忠便说：

"两位先生来见大太君，有要事交涉，特务队这是要挡驾呀？"

疤癞五回道：

"挡驾不敢。说白了吧，这叫阎王好见，小鬼难缠。我不过是给弟兄们讨个烟钱而已。"

"你说的是大烟吧？吃喝嫖赌，老五你这点底子，本乡地面谁不清楚?"

说到了"底子",疤癞五板了脸面:

"哈哈,你唐二忠算是说对了。本乡本土的,谁的底子也瞒不了人。唐家大少,现任国军少校;唐家二少,在八路军边区当副部长;唐汉宸老先生,银窖里三万现大洋统统献给了八路军抗日政府。这些事儿,满汉王镇上,谁人不知、谁人不晓?"

"东家的几万大洋,那是我家二少带人来抢走的……"

"抢走的?那叫明抢暗送!这点把戏瞒不过我麻脸老五。顾及乡亲面子,我不在皇军面前多嘴多舌罢了!"

话都说到这个份儿上了,唐汉宸当下指令:

"二忠,别废话了。拿钱!"

唐二忠从腰带里层兜肚里,掏出十来块银圆递上。疤癞五搁手心里掂掂,笑得疤癞横斜的:

"嘿嘿,这不对啦!——里边的,开门!"

大门吱呀呀打开,疤癞五扯嗓子通报:

"唐家山唐汉宸先生、小河湾教堂卫德迈主教,拜见大太君啦!"

迎着大门,当院里以龟尾为首的十来个鬼子,手持棍棒分列两厢,摆下了一个棒子阵。

唐汉宸、卫德迈一时错愕,相互对对眼儿。

朝鲜人朴姓翻译官,原本和两位先生都知会过的,此时面无表情,大声发话:

"太君有令,小河湾教堂发生美国传教士和中国民众对抗皇军事件,不可饶恕！你们要见大太君，听好了——必须从这棒子阵中爬过去！"

唐汉宸和卫德迈面面相觑。

卫德迈面肌哆嗦，默默沉吟一刻，自言自语的，仿佛要自我解嘲：

"愿上帝饶恕卑微的罪人吧！"

说着真个趴下来，那只受伤的手掌不能着地，用肘拐支撑着，撅着屁股，狼狈万状爬过了棒子阵。

鬼子兵们倨傲蔑视，一派淫威得逞的样子。

堂堂卫德迈竟然就趴下了！当时唐汉宸心里是五味杂陈。日本鬼子，欺负人欺负到家啦！

疤癞五在一边嬉笑着，劝导唐汉宸：

"唐先生，这就该着你啦。依我说，你老就委屈点儿，免得皮肉吃苦。"

唐二忠在一旁，急得直搓巴掌。他是又怕东家吃打，又怕东家真给鬼子趴下。

唐汉宸定定神儿，整整身上的棉袍，泰然走进棒子阵。

出乎意料，鬼子愣神片刻；龟尾咕噜了一句什么，棒子队即刻棒落如雨点。

唐汉宸肩背腰臀，连连吃打，被打得趔趄。

卫德迈在那面几乎不能再看。

突然，唐二忠怒吼着冲进棒子林：

"有理不打上门客。日本鬼子！你们真是不通人情、不懂礼数、不成人类！"

唐二忠那铁塔大汉，冲到唐汉宸跟前，伸臂抵挡棒子护住东家，当时有棍棒在肩膀上打断。

龟尾见状，怒吼着抡起棒子朝唐二忠脑袋上招呼；唐二忠胳膊一揽，夺过棒子随便一撅，给撅成两截。

龟尾暴怒至极，作势就要拔刀。

这当口，那翻译官说了一句什么，上前拦住龟尾，接着指指炮楼那儿。

炮楼顶部，岛田居高临下观看院里情形，此时向朴翻译官做了个手势。

翻译官冲着两位先生微微一笑，礼貌点头：

"唐先生、卫先生，二位里院请！"

5.

跟着翻译官，唐汉宸和卫德迈进了里院。在过道上，已经听得里边有鬼子"呀它呀它"的呐喊声。

头回进炮台大院，未免张看院内情景。两人这便看见了传言中鬼子拿活人练刺杀的场面。

墙根木桩上，保罗和唐小顺被绑定，勒着嘴，只是没有蒙眼。在三木曹长的监视下，有日本兵对着目标练刺杀，只是还不曾伤及身体。

看到唐汉宸、卫德迈，保罗和唐小顺不禁挣扎扭动开来。唐小顺眼神惶惶，口腔里发声，分明是在呼喊着什么。

见了这般场面，两位先生情不自禁就要过去；三木不言不语的，用枪刺拦住了。

翻译官拍拍手，指指上房：

"二位上房请！"

进了上房，翻译官先向二人介绍：

"二位先生，这位是大日本皇军本地驻军最高长官岛田中尉！"

随后，用日语向岛田介绍了唐汉宸和卫德迈。

三间上房，两明一暗的格局。正对房门，一方桌案；桌案后，墙上是那面写着"武运长久"的太阳旗；旗帜两侧，则是写了"东亚共荣、王道乐土"的字幅。一边还有地图，道道画画的。

岛田在桌案后边站着，阴鸷的面孔此时漾出快意的笑容：

"在下十分期待此次会面。一个大日本皇军的军人、一个美国的传教士，还有一个中国的乡绅，这简直就是一场极富代表性的聚会！"岛田稍停片刻，好像颇是欣赏这番开场白的意思，"我断定二位一定会屈驾前来，因为你们有人在我的手里！"

岛田说的不假，两个来客都未置可否，等候下文。

岛田接着道：

"二位对我大日本皇军的棒子阵，印象一定很深刻吧？"

唐汉宸与卫德迈对视了一下，依然没有应答。

岛田从桌案后边绕出来，上前两步：

"方才的'迎宾'仪式，是我特意布置的，而我果然看到了二位的超人风度。卫德迈先生，十分委屈地爬过棒子阵，但你并非真心服软。你这个美国传教士，很难对付！莅临敝处，不知卫先生有何见教？"

卫德迈准备了一番话语，此时终于有了讲在当面的机会。他礼貌地点点头道：

"岛田先生，本人作为教会任命的本堂司铎，全权主理小河湾教堂一切事务。教士保罗，是我的属下；两位善良的中国妇女，是教堂的临时雇佣。还有那个唐小顺，还是个孩子。如果他们做了什么贵军认为有所不妥的行为，责任也完全在我。我恳切请求岛田先生放人，如果贵方一定要抓人，可以把我抓起来！"

岛田听罢卫德迈的陈述，微笑回应：

"卫德迈先生不愧是中国通，汉语讲得字正腔圆，条理分明。"

岛田并没有正式答复卫德迈，而是撇下卫德迈，回头对唐汉宸说：

"汉王镇周边一带，都说唐汉宸先生知书识礼，为人处世是地方的'一杆旗'。今天鄙人第一次见到唐先生，有幸瞻仰了先生的气节风度。一把年纪，宁可挨打，'士可杀而不可辱'，这样的气度和我们大日本的武士道精神，颇为一致。在下非常佩服、非常欣赏！"

说罢，岛田还对唐汉宸鞠了一躬。

唐汉宸礼尚往来，抱拳回之以中国揖礼：

"岛田太君谬奖了。唐汉宸一介乡野草民，不敢说有什么气度精神。只是受了村民所托，不揣冒昧，无论如何得把话当面讲给太君。村里的女人们，寻常给教堂里干点杂活，挣几文工钱；这些活路可不可做、这份工钱能不能挣，承蒙村民们看得起我，都要听我的主意。帮教堂干活，放话同意的是我唐汉宸，结果受害的是村民。这叫人如何能够心安？其中一个女人，还怀有身孕。老汉我恳请太君放了他们！要处罚，罚钱或者蹲班房，请太君唯我唐汉宸是问。"

岛田看看卫德迈，又看看唐汉宸，在堂屋当地踱步言语：

"好，好。一个美国人，不怕负责；一个中国人，勇于担当。——够啦！不要在我面前充好汉啦！"

岛田停止踱步，回到桌案后，手撑桌面，阴鸷了脸面：

"几十年来，欧美列强觊觎东方，其狼子野心是实现全亚洲的殖民化！在此危急存亡之秋，我大日本帝国迅速崛起，始而进入中国，继而毅然对英美等同盟国宣战，就是要从殖民主义的手中解救亚洲，解救中国！以实现大东亚共荣，最终建造大东亚王道乐土！你们中国人愚昧无知，看不到这一点，乃至忘恩负义，竟然帮助我们共同的敌人美国人！"

岛田讲到激动处，指节咔咔敲响桌面：

"你们两个都看到啦，院子里绑着的两个人，并没有立即处死。按说，公然对抗皇军的军事行动，本应格杀勿论！还有，那两个中国女人，既然能为美国人提供服务，更应该为我们帝国将士提供服务。我们没有动她们一根手指头，非常优待。唐先生你不妨想想：这是为什么？"

岛田直视着唐汉宸，唐汉宸不知就里，一时无可回应。

岛田转头吩咐翻译官：

"朴翻译官，下去再次传达我的指示——继续优待两个女人。她们什么时候进入慰安所，听候我的命令！"

听到"慰安所"三字，唐汉宸和卫德迈当下面色有变，极度不安。

而这正是岛田所期待的效果。

外院这里，两位先生进里院见岛田的时节，唐二忠和疤癞五正在抽烟聊搭。

唐二忠吸着旱烟袋，疤瘌五叼着纸烟，在西边屋檐下指指画画。东房两间屋子外，房门反锁，有伪军值岗。

疤瘌五得了唐家大洋，心情不坏，炮台大院里的安排布局，给唐二忠来了个知无不言：

"这一溜七间西房，警备队侯聚奎手下人多，占着五间，咱特务队占着两间。东房那面，开门的那几间是伙房；锁着的那两间，本来是库房，现如今算是牢房。你问到你村的女人，关进来这才半天，日本人倒是还没有动粗。我在一面儿揣测，大太君分明是给唐老先生留着面子，就看你们东家识相不识相啦！"

看见翻译官从里院走出，疤瘌五当即伪装与唐二忠对火，然后高声发话，像是说给翻译官来听的：

"老五我明着对你讲，假如唐汉宸他不乖乖答应大日本皇军的条件，两个女人统统慰安妇的干活！"

里院中队部，两方交涉还没有结果。

岛田在桌案前自由踱步，手之舞之的：

"当今世界，弱肉强食，强者为王。占领者，是占领区的唯一主人；战胜者，是战败方的主宰！"

卫德迈轻声说道：

"愿上帝饶恕你的狂妄。"

岛田听到了，蓦地停止踱步，逼视着卫德迈：

"你给我闭嘴！你们欧美列强横行全球，包括野蛮掠夺了印第安人的广袤土地，这个时候你们的那个鬼上帝哪里去了？"

卫德迈口中喏嚅，在胸前连连画十字。

末了，岛田脸色冷硬，向唐汉宸开出放人条件：

"唐先生，我已经一再苦口婆心，你应该体会到我们大日本皇军的无边宽仁。包括你主动带来的几百银圆，请你原封带回。因为这不是钱的问题，而是你们唐家山民众是否对皇军真心服膺的问题。只要你出面说服民众，肯和皇军好生合作，岛田我可以放人！"

听到"可以放人"四字，唐汉宸心头猛一悸动，神色不变、口气淡然问道：

"如何合作，老汉请太君明言。"

几项条款，岛田早已想定，当下更不啰唆，条理分明，侃侃道来：

"第一，唐家山村民，保证和八路断绝往来，自即日起，永远解散民兵队！"

唐汉宸倾耳恭听，面无表情。

"第二，交出民兵队首恶分子，或者促其前来炮台自行投案！——如能自行投案，真心悔过，大日本皇军可以既往不咎！"

唐汉宸还是仔细倾听，当下也只能不置可否。

岛田最后陈述第三条：

"自汉王镇成立了维持会，周边管辖村落，名义上也都答应了维持皇军；是不是真心维持，本人心里一清二楚。我说的第三条嘛，请唐汉宸先生公开出任本镇维持会会长，克日宣告四乡。做到以上三条，皇军言而有信，立即放人！"

听罢三项条款，卫德迈先就替唐汉宸急了，条件如此苛刻，分明强人所难。扭头来看，唐汉宸依然面不改色，从容答复道：

"岛田先生所言三条，有两条牵扯到村民公众。老汉我总得回村听听公众的意见。"

岛田最后说：

"请唐先生尽快决断，及时给我一个满意的答复。请不要辜负大日本皇军特别对你的无边宽仁！"

仿佛是要显出亲疏有别吧，岛田回头对卫德迈就凶了很多：

"日美之间宣战，我方已经通告美方：在华传教士必须限时离开中国。汉王镇炮台不希望再听到你那儿传来的钟声！——来人，送客！"

CHAPTER 03
第三章

1.

当日午后,有关村人不约而同前来唐家大院议事。

唐家山数十户人家,最数本村首户唐家大院宽敞。里外两进院落,一色青砖卧地。院里此时摆了条凳之类,人们站坐不一。

多少年来,唐家好比成了村人议论大事的议事厅。举凡关乎村中公益事业的话题、拦河打坝、修桥补路、立碑修庙、求雨赈灾,等等,无不在此议论争执;末了千锤打锣,一锤定音,由唐汉宸拿个最后决断。何况今日村中出了人命关天的大事,唐汉宸刚刚上炮台交涉归来。

来人有民兵队队长李开方、吕三太、二毛蛋等五六个民兵,何家老太太有女人们帮扶了,也在座。

唐二忠光着半边膀子,唐家长辈唐四爷在用点燃的艾蒿樱子帮他熏疗肩臂上的伤处。

唐汉宸在上房疗伤，众人群龙无首地已经吵吵了半晌。这时分李开方表态说：

"日本鬼子开出的条件，不止一条；要是单单一条，哪怕我李开方上炮台，让他们枪崩活埋，能把几个人都换出来也算！"

吕三太首先就反对：

"那不成！身为民兵队队长，你要上炮台向鬼子自首投案，我吕三太头一个不答应！"

何老太太只是一个劲儿地念叨：

"天杀的日本人咋就那么不说理？我家如玉还怀着身子，他汉宸叔登门求告，就是不肯放人呀！实在不行，我这土埋半截的老婆子，替我家媳妇去死！"

吕三太属于那种炮筒，发话便是抬杠：

"你这老太太，一口一个你家'如玉'；唠叨了半天，一句有用的也没有。"

何老太太撇撇嘴说：

"你后生有用！日本人请他汉宸叔当维持会会长，咋没有请你去？"

说到"维持会会长"，吕三太更是跳了起来：

"我吕三太把话撂在这儿：谁敢给日本鬼子当维持会会长，那就是汉奸！看我吕三太的大刀片子答应不答应！"

听得吕三太的话茬儿冲着东家来了，唐二忠发了话：

"哼，伤疤不在谁个身上，谁个不觉疼。东家出面上炮台，浑身上下挨了多少棒子？说他是汉奸，手拍胸口问问良心吧！"

吕三太还有难听的：

"那是他自己当自己是个人物，自个儿去找着挨打。我吕三太可没请过他上炮台！结果怎么样？觍着脸去求告日本鬼子，丢人败兴，屁用没有。——队长，咱不用在这儿磨牙费嘴啦，今黑夜就上汉王镇救人！"

唐二忠还是鼻子里喷气：

"哼！从鬼子手底往出抢人，不是上地里摘瓜，说得轻巧！扛上个铁锈大刀，吓唬哪个割草的！"

吕三太跳起来，要和唐二忠放对干仗。唐四爷瞪了他一眼，烟锅子点点李开方：

"开方，你是队长，不用净听大伙儿瞎抬乱侃的了。你归拢归拢大伙儿的意思，先拿上个主张。随后到底如何办，咱们再看汉宸怎么说！"

李开方清清嗓子说：

"三太和二忠，你两个不用抬杠，我看你们说的都有几分在理。我不兴去自首，汉宸叔也不兴去当什么维持会会长。事到如今，唯有咱们民兵队想办法往出抢人了。这么大的事，往下咱们总得听听汉宸叔的主张。"

众人便一齐扭头去瞅唐家上房堂屋那里。

唐家上房，两明一暗的格局。右首后墙，供着祖先牌位；正中靠墙，是"天地君亲师"牌位；条几方桌，传统摆设。

桌上点着煤油罩子灯，唐家老夫人正用棉花沾了烧酒点燃，给男人擦抹疗伤。看着老头子的伤势，唐家老夫人好不心疼：

"看看，看看，红伤黑疤的，叫鬼子打成个啥样儿？一把年纪，村里的事儿，劝你少出头吧，你哪能听得进去？"

唐汉宸知道老伴儿向来也是极明事理，这般讲话无非出于关心，便给老伴儿开解道：

"村里公众的事情，多少年来都是咱家出头，也是村人看重咱家几分。这回唐家山出了大事，说来可就是人命关天，唐汉宸能缩脖子不管呀？况且，小顺子是你我收养下的，给抓上炮台，也算咱的家事。"

老伴儿想想也是。唐小顺算是唐汉宸本家孙辈，五六岁上爹妈得了伤寒双双故去，是唐汉宸花钱抓了两服汤药，救活娃娃一命。所谓救人救彻，唐小顺成了孤儿，唐家当成自己的孙子，收留下来。

唐家老夫人一边搓抹伤处，一边咬牙切齿：

"日本鬼子下手可真狠！这不是要人的命吗？"

唐汉宸淡然一笑：

"呵呵，他要真是要你老汉的命，还用得着摆什么棒子阵？鬼子那阵势，不是要把你打死，那是要把你吓住，逼着你软了骨头低了头。哼，我唐汉宸宁可叫他打死，终不能被他吓死！"

"谢天谢地，活着回来就好！"

唐汉宸却叹息一声：

"唉！鬼子放我活着回来，那是要我应承他那条件呀！这事说来真是叫人犯难！"

"鬼子提的那条件也是万恶。民兵队解散吧，就说是解散了；叫开方投案吧，也能说成是连夜跑掉啦！可这末了一条，叫你当啥维持会会长，这不是按住葫芦抠籽儿、神像头上抹狗屎嘛！"

说到"维持会会长"这敏感话题，唐汉宸肃然了：

"国难当头，我唐家子弟都给祖宗长脸，大小子致忠参加了国军，二小子致文投奔了八路；方圆左近，谁人不知、谁人不晓？我老汉反倒能去伺候了日本鬼子？哼，鬼子岛田他也太把我唐某人瞧扁了！"

"那是说下天来也不能！——可是他爹，小顺子和两个小媳妇在日本人手里呀！天杀的日本鬼子，这是要活活把人逼疯呀！"

疗伤一回，唐汉宸起身舒展一番腰背：

"好啦，收起家把什吧。我看后生们也吵吵得差不多啦。你给咱好好炒几个硬菜，把老白汾酒搬出一坛子来，后生家血气方刚，说不定真个抢出人来！"

2.

众人在院子里吵吵的时节，唐汉宸一边和老伴儿聊搭，一边已在心里仔细盘算思谋。

事情明摆着，为今之计恐怕也只能冒险一试了。女人们落入鬼子手里，岛田嘴上说优待，即便一时性命无忧，谁敢保险不会出别的鬼弊？这时分，再要拦着后生们，可就没有道理了。只是，上炮台抢人，毕竟太过凶险。唐汉宸处于那样一种身份地位，势不能事前甩手躲清闲。既然只剩下冒险抢人这一条，唐汉宸除了大力首肯后生们的勇气魄力，还尽量从旁完善弥补，使行动计划尽可能周密一些。

傍晚时分。下院东厢房唐家饭堂里，一盏马灯悬在梁上，照亮饭堂。

七八个后生狼吞虎咽地用餐，接近尾声。唐家老夫人和帮厨妇女还在往桌上端大饼、上大烩菜。

唐汉宸一身短打，再次给将要出动的众人提醒：

"从鬼子驻扎的炮台大院往出抢人，非同小可！怎么拱开后墙、谁负责冲进去救人、谁在外面接应，你们都记好了？"

李开方最先吃罢，手里拎起那杆鸟枪：

"炮台大院里的情形、咱们的人关在哪个屋子，二忠都细细给大家说了。"

唐汉宸接着叮嘱：

"后生们，咱民兵队刚刚成立，没有见过正经阵仗；武器呢，拢共一杆鸟枪。三太是一员猛将，你可千万记住了——咱的任务是救人，不是和鬼子拼命。"

吕三太摸摸脖颈，憨憨一笑。

唐汉宸随后说到自己的任务：

"但愿咱们救人成功，可谁也不敢说这事手拿把攥。我估摸大伙儿无论救人成与不成，鬼子恐怕是要追击；我呢，赶上大车在汉王镇外头的路口接应。"

二毛蛋说道：

"汉宸大爷，犯不着你也出动吧？寻常也没见过你赶车呀？"

唐二忠笑一笑：

"二毛蛋你见过啥？咱东家是腿脚跑不赢年轻人，耍鞭子、使牲口，谁不知是咱唐家山的头一号把式？"

二毛蛋还有不解：

"就算鬼子追出来，我们跑起来，不比大车快？"

唐二忠便接着分说：

"要是救出樱桃、如玉她们来，她们能不能跑得动？东家料事，比咱们长远！"

唐汉宸拦住唐二忠：

"二忠平常不是赶车吗？这回他另有要务。我要他埋伏到炮楼子的另一头。大伙儿撤退的时候，二忠在那头，把大麻炮和挂鞭一气点着，或能起到些扰乱鬼子的作用。"

墙角，立着十来根绑好大麻炮的木棍，还有一只空煤油桶。

唐汉宸看着大家都吃好了，招呼老伴儿给大伙儿上酒：

"老婆子，搬上酒坛子来！"

帮厨的女人们抱着老酒坛子上桌，摆开一溜空碗；唐二忠抓住坛子口，举重若轻，不撒不漏斟酒入碗。

唐汉宸当先端起酒碗：

"鬼子糟害，庄稼人不能安生种地过光景，这叫逼上梁山。——来，干！"

灯影里，众人端起酒碗。

正应了"无巧不成书"的说法，或者说战场上的情势瞬息万变，非

是任何先知先觉能够把控——当唐家山的民兵出动，要来偷袭炮台的时候，日军也正准备出动。

太平洋战争爆发，日军偷袭珍珠港大获全胜，日本举国欢庆，被军国主义毒化的民族情绪空前高涨。但在中国，由于美国对日宣战这一全新情况的出现，亡国论彻底破产，抗战必胜的信念亦是空前高涨。面对同一件事情，敌对两方竟然都在欢欣鼓舞。说来有些不可思议，但历史的真实就是那样。

夜里。炮台大院，日军起居间内，屋顶悬挂汽灯，满地榻榻米，靠墙位置摆放着取暖的火盆；整理好的背包、饭盒、子弹带，还有枪支，立在一边。

除了在炮楼顶上值岗的士兵，日军全体官兵都集中在这儿，一律跪坐在榻榻米上用餐饮酒。

桌案上杯盘狼藉，满座人人酒意。

原来，岛田突然接到上级命令，要汉王镇炮台抽调部分驻军兵力，去参与目前对八路军晋绥根据地的扫荡行动。当时的日军，士气正高，多数军士，宁可上前线作战立功，多半不乐意枯守炮台，几乎无仗可打。龟尾和三木争抢一回，结果还是龟尾得到了参加扫荡行动的机会。等天亮便要出发，炮台上摆酒，是为龟尾和一个班出征士兵饯行。

岛田斟满清酒，向龟尾和士兵致意：

"在我们的占领区、在我军的侧翼，八路的势力扩张迅速，皇军绝对不能放任八路坐大！新近皇军捕捉到了晋西北八路主力的动向，已经开始了合围扫荡。龟尾君此次带队奔赴火线，预祝各位多多杀敌，战场立功！"

跪坐的龟尾，此时挺直腰身，然后深深鞠躬：

"承蒙中队长的信任和厚爱，让属下有到第一线杀敌的机会，龟尾宣誓效忠天皇！"

岛田摆摆手：

"上火线之前，诸位尽可放松一些，小小醉酒，没有关系。"

日军相互敬酒，解襟袒怀的，渐有喧闹，岛田只是微笑。

这个时候，李开方他们避开大道，从野地里偷偷潜入镇子。大家都没经过任何实战训练，人人心跳如打鼓，相互听得见压抑的喘息声。谁的鞋子踢动一块小石子，都怕叫鬼子听见了。

哪条巷子里，有犬吠。对付这个，村人有经验：扔去一块干粮，那狗就不再吭声。

在房屋的暗影里，大家渐渐趋近炮台大院。夜幕映衬下，已经隐约看见炮台的顶端、院落的屋脊鸱吻。

吕三太和二毛蛋抬着一根车轴似的木桩，喘气声呼哧呼哧。

弯弯绕绕的，终于到了炮台大院后墙根儿。李开方斜背了猎枪，示意众人掏出小铲等工具，按照行动计划开始小心翼翼挖取砖块。行动计划，说来简单不过：就是挖去大院后墙的外层砖块，然后用木桩猛地撞击墙体，撞开一个大口子，然后舍命扑进去救人。

与此同时，在大院前面耸立的炮楼的那头，旷野里有一处乱葬岗，土坡起伏，坟包高低，唐二忠独自潜伏在坟包后，身边摆开绑着炮仗的木棍，煤油桶拴在一棵灌木上；怀中一根艾蒿，火头影影绰绰。

从此处望去，只见炮台高耸，顶部有人值岗。

间或，有探照灯扫过，唐二忠赶忙低伏了身姿。

当下情景，是李开方等人不知道炮台里日本鬼子的任何情况，只要掏开后墙，便要冒险行动；唐二忠这儿等着李开方他们的动静，但又具体估不透他们到底哪一刻会开始动作。

而炮台里饮酒聚餐的日军官兵，此刻多数已是酒意浓烈。有的傻笑，边笑边手舞足蹈；有的哼唱日本民谣，边唱边掉泪；有的还在猛喝清酒，灌凉水似的。

所谓酒能乱性，况且是非人非类的鬼子喝醉了酒。龟尾涎着脸，在起居间的一角，向岛田中尉提出了要求。岛田略有迟疑，随即爽快答应：

"龟尾君，你不必这样羞涩，你的要求是合理的！支那女人最讲贞节，而支那男人最怕他们的女人失去贞节；那个骄傲的唐汉宸，会答应我的条件的。支那女人也许很快就要放走了，那么，我们为什么要浪费她们？你们，天皇陛下忠勇的军士们，将要上火线，杀敌报国，生死莫测，我破格批准你的请求！"

龟尾受到鼓舞，当下几分放肆开来：

"属下斗胆恭请中队长带头享用其中之一，给军士们做出榜样！"

岛田未置可否，故作不胜酒力的样子。

龟尾立刻招手叫来两名士兵：

"你们，将那个白净柔弱的小寡妇，马上送到中队长的寝室！"

岛田独自离席之后，龟尾回到榻榻米上，满脸淫邪宣布什么，军士们即刻齐声欢呼：

"万岁！天皇万岁！"

午夜时辰，鬼子乍然发出的齐声怪叫，撕裂了四野的寂静。

4.

汉王镇通往唐家山的大道上，大车停在镇子拐角的路边。这儿是炮楼视界的死角，寒风窸窣，骡马的口鼻喷着白气。

唐汉宸抬头看天，繁星满天；倾听镇子里的动静，寂静无声。估摸李开方他们掏开墙洞，总得费一些时辰，但觉得时间是够久了。这次行动，到底能不能成功；这般动作，会带来什么后果，唐汉宸越想心里越没底。

莫说年轻人，让鬼子逼到这份儿上，谁都得这么干。至于后果，无非两种：抢人成功，或者失败。

先得考虑失败。抢人不成，甚至几个后生都被鬼子抓住，那可就糟了。彻底惹恼岛田，恐怕就不止一颗人头落地了。即便后生们腿快，逃了出来，岛田又岂肯善罢甘休。或者老天照拂，竟然抢人成功，将几个人特别是两个女人救出来，那自然是谢天谢地。可是，从鬼子眼皮底下抢人，并且成功了，岛田岂不愈加恼怒？带部队到唐家山，杀人放火，老百姓可就要遭大殃啦！真要面临那样的情况，我唐汉宸又该怎么办？今番行动，成功与否，往下的后果都不堪设想。那么，扭回头说今天的行动，我到底是阻止后生们才对，还是像这样依从大伙儿并且参与进来才对？

车轱辘转了一圈，转回了原处。

唐汉宸定定心绪，不再徒然纷扰。反正事情已到如此地步，老百姓有句话讲得好："撕了龙袍是它，污了娘娘还是它！"日本鬼子打上门来，那是"狼吃羊，没商量"，左右你是得罪它。把人逼到这般地步，也只能是走一步说一步了。

这时，耳际似乎听得镇子里炮台方向有什么声响，再一听，却什么也听不到了。

莫非，开方他们已经动上手了？

骡马不安地打着响鼻，蹄子踢踏；唐汉宸手掌不时抓握鞭杆，手心里潮潮的，竟然满是汗水。

唐汉宸千思万想，万没想到：就在此时此刻，炮台里，言而无信的小日本，对两个女人下了手。

炮台外院，东厢女人们被关押的牢房，一盘土炕，墙上小龛里，煤油灯如豆。

夏樱桃独自坐在炕沿，焦躁不宁。

刚刚，铁链哗啦，看门的伪军突然打开了房门，后边跟着两个扛枪的鬼子。夏樱桃和安如玉都吓得变了脸色，下意识地往炕里边缩。鬼子指指安如玉，安如玉看看夏樱桃，眼神是那样无助。随后就乖顺地下炕，让鬼子架了胳膊离去。夏樱桃在那一刻，整个人愣怔着，几乎没有任何别的反应。她不知是该庆幸自己，还是该怜悯安如玉，完全傻在了那儿。她不知鬼子会对安如玉怎么样，替安如玉恐惧；不知接下来鬼子会不会也把自己拉走，这就更加令人恐惧。

终于定下神来，在牢房里扫索一回：炕上地下、窗台和墙角，空空如也。除了手掌和牙齿，没有任何能够防身的一件东西，连一根针都没有。

半上午那时分，听见院子里的动静，后来送午饭的毛莠子告诉说，是唐汉宸老先生来和鬼子交涉谈判了。毛莠子安慰两个女人道：

"你们不用怕了。大太君说是要优待你们，只要唐先生答应皇军的条件，炮台上立刻就放人。唐先生回村和众人商量去了，估计很快会有消息。有唐先生出面，事情一定能办个周全！"

明白毛莠子是说宽心话，两个女人就都巴望着，但愿尽快离开炮台，脱离苦海。下午盼到晚上，晚上盼到半夜，想不到鬼子半夜来拉人。

门外有人开锁，又是铁链哗啦，夏樱桃心脏一阵狂跳。只见安如玉被伪军推进牢房，头发蓬乱，衣衫不整，脸色煞白，嘴角那儿咬出血印来。

安如玉坐回炕沿上，夏樱桃连忙揽住安如玉的肩膀问：

"如玉姐，鬼子欺负你啦？"

安如玉目光痴呆，泪水无声淌落。

夏樱桃晃动着臂弯里那微微哆嗦的身躯：

"如玉姐，你说话呀！"

安如玉终于发声了，像是自言自语：

"我、我怀着他的娃娃，就是滚刀山、下油锅，我也要保住他的血脉！"

夏樱桃心头顿时有如刀剜，破嗓骂出口来：

"日本鬼子呀！你们都是畜生，你们就不是人生父母养的呀！"

一边骂，夏樱桃一边将安如玉的头揽在怀里，用袖口替她抹泪，用手指替她拢拢发髻。

安如玉的发髻上，有一支长长的凤头簪子；夏樱桃几乎未加思索，拔下簪子，塞到自己的大襟棉衣里。

屋檐下，先是有鬼子的军靴声响起。夏樱桃心尖子像是被一只无形的手掌攥紧，心脏狂跳，快要蹦出喉咙。

门外铁链哗啦，有人开锁。

紧挨着这间牢房，保罗和唐小顺关在隔壁。

保罗听见那面的动静，扑向窗户。

唐小顺在炕头捂住耳朵，痛苦摇头。

窗外，夏樱桃乱踢乱咬的，手掌五指耙子似的朝鬼子脸上招呼。两个鬼子冲上来架住胳膊，同时捂住嘴，夏樱桃疯狂挣扎无济于事，就那么连拖带拽给弄往里院。

听得夏樱桃被抓走，唐小顺仰天嘶吼：

"汉宸爷，你咋还不来呀？你老人家快点来救人呀！"

这个当口，前来救人的李开方他们准备就绪，正要发动袭击。后墙外层的砖块取下，有门框大小范围，现出了里边的土坯。

李开方指挥众人，大家一道抬起巨型木桩，准备撞击后墙。

在炮台里院，鬼子七手八脚的，将决死不肯就范的夏樱桃弄进宿舍。

龟尾见状，更不警告，左掌劈手薅住女人的衣领，右掌左右开弓几个耳光，打得夏樱桃一时发蒙。然后，龟尾像渴血的野兽盯视到手的猎物，淫邪地笑着，自己开始脱去衣服，将盒子枪和皮带一块挂到墙上，接着命令手下：

"扒光衣服，扔到床上！"

夏樱桃被鬼子兵七手八脚扒光，下意识地慌忙揪起床单捂住身躯。

龟尾摆摆手，鬼子兵退出宿舍，从外掩闭了屋门。

龟尾赤身裸体，俯身扑向夏樱桃，对那女人丰满的胴体和紧凑的乳房一阵噬咬。

到了这般地步，夏樱桃不再无谓挣扎。她悄无声息地从棉衣的大襟底下，抽出那支簪子。当龟尾即将进入女人下体的关口，那锋利的簪子，猛地刺向龟尾的一只眼睛！

夏樱桃使的是右手，龟尾的左眼被刺中。三寸多长的锐器，几乎没入。遭到如此蓦然袭击的龟尾杀猪一般号叫，眼睛上插着簪子，跳起身从墙上枪套拔出手枪，向着夏樱桃连开三枪。

炮台大院后墙外，李开方等抬着木桩，奋力去撞击墙体；土坯墙轰然倒塌，墙上开了一个半人高的大洞。

而恰在此刻，院内枪声响起！

即刻，里院外院都有警哨吹响。

有手电筒灯光朝后墙这厢射来，紧接着，炮楼顶上的探照灯也扫射过来，那耀眼的光柱随之锁定了洞口。

登时，炮楼顶部有机关枪爆响，弹雨洒向破洞。

原本计划，当木桩撞开墙洞，李开方将头一个冲进院内。谁能想到，恰恰就在这一刻，院里突发事件，枪声响起。机枪子弹射在洞口周边,扑哧扑哧乱响。吕三太在一边,作势要冲进去,哪里还有可能?

在机枪换梭子的空隙里,李开方避在墙洞一边,探出猎枪,冲着炮楼顶部的鬼子人影扣响扳机。

在旷野上乱葬岗那边,唐二忠听得炮楼那儿枪声乍然响起,即刻吹旺艾蒿,点燃了煤油桶里的挂鞭。

挂鞭噼里啪啦当中,唐二忠点燃大麻炮,将木棍指向炮楼,二踢脚大麻炮带着哨音飞向炮楼;前后几个大麻炮,都在炮楼顶部炸响。

随即,炮楼的射孔里有机关枪朝这里射击。

耳边有子弹穿透土层的扑哧扑哧的声响,挂鞭爆炸的火光里,坟包上烟尘腾起。

唐二忠伏低身姿,从低洼处远远爬开。

CHAPTER 04
第四章

1.

　　李开方等人救人已无可能，况且又惊动了鬼子，只好紧急撤退。从汉王镇巷道子里穿插绕行，到镇子拐角和唐汉宸会合了。唐汉宸听得大家气喘吁吁跑来，却不见救出的人，一切已然明白。当下不及细问情由，先逃离险地再说。

　　一路赶奔，自是不停回望身后，生怕鬼子追来。快到唐家山的沟口了，听见后边疾奔而来的脚步声，不出所料，是唐二忠也平安脱身归来了。

　　众人这才七嘴八舌、杂乱无章说些刚刚的经历，唐汉宸一一听在耳中。回到村中，天未黎明，一则免于惊动村人，二则要商谈下一步的应对，大家随着车辆进了唐家场院。

　　骡马拴回槽头，唐二忠自管给牲口筛草添料。卸了牲口的大车停在墙根，众人都集中在大车跟前，吃烟议事。

唐汉宸考虑细致些，说鬼子暂时没追来，岂能断定不再追来？建议派谁返回村口，在高处瞭望，以防万一。

李开方拍拍脑袋，连说自家疏忽。指派二毛蛋去放哨，二毛蛋嘟嘟囔囔的，说是冻得够呛。唐二忠拎起槽头盛马料的毛口袋，扔给二毛蛋。大家这才放心，一桩一件掰扯夜来情形。

吕三太先提一个疑问：

"咱们刚刚撞开后墙，里头咋地就开枪了？日本鬼子他算见咱们要救人啦？"

事情果然蹊跷，这正是所有人心中都有的疑问，而谁都无法回答，东一榔头西一棒槌的，胡乱猜测。

唐汉宸就说：

"这么猜测一回，还是不得要领。我看随后总得派人到镇子上去一趟，候着炮台上无论哪个，打听一回，这事不难揭底。——绕开这个，大伙儿再说点其他。"

李开方说道：

"实指望突然袭击，就算冒险吧，能救出咱的人来。这回救人不成，恐怕就再也没有机会了！"

说着，顿足连连。

吕三太看看那杆鸟枪：

"拢共一杆鸟枪，满打满算开了一枪；咱们哪怕有一杆快枪哩！到了干放了一通鞭炮，也不知道那是吓唬谁哩！"

唐二忠负责放鞭炮，自然就来应答：

"鞭炮是我放的，这么着安排，是东家的主张。夜来我最担心啥？救人，救成救不成，最怕的是鬼子追出来。那样的话，你们几个后生能不能活着回村，可就难说啦！鞭炮舞弄的，就算吓唬人，也多少吓了吓鬼子吧？反正，炮楼子上的机关枪没少往我那儿打！"

唐二忠有来言，吕三太便有去语：

"你辛苦了，你有功；我们啥也没干，还有过，这总行了吧？"

唐二忠不吃这一套：

"你还别说，有功有过，真得好好论论。半夜三更，折腾了鬼子一回，那不是捅了马蜂窝？鬼子能就这么算了？"

吕三太歪过脑袋斜拧脖颈冲着唐二忠：

"依你说，我们民兵队救人还救错啦？只有让你们东家去维持了鬼子，你才满意啦？"

唐二忠最不能听人数落他最敬重的唐汉宸，冷笑一声：

"哼，民兵吕三太，你哪有错了的时候？说人道人，天底下哪有你这样会说话的高人？烩菜大饼，还不如倒在槽头喂了牲口！"

吕三太立马就要冲上去：

"你骂谁牲口？"

村人草民，年轻人、二杠头，向来说话就这样，唐汉宸经见得多了。平素也就罢了，今天这样时刻不可以。于是，唐汉宸出头平息事态：

"二忠！你少说一句吧。这会儿，是咱们自家人抬杠的时候啊？出语伤人，是我这东家素日教你的吗？"

唐二忠翻翻眼，果然不再言语，虎着脸去照料牲口。

李开方在年轻人里到底是个人物，这时放缓了语气来请教：

"汉宸叔，我们都年轻，除了抬杠，出头打前锋或许还占弦，谋事料事，差得远去啦！汉宸叔，你给我们说道说道，眼下咱们怎么办？"

唐汉宸果然已有一番考虑：

"事起仓促，咱们没工夫客套。眼下，我看有这么几件事情当紧。一件，夜来实打实惊动了鬼子。咱们叫抓去的人，恐怕要遭罪。到底情形如何，总得想办法打听。一件，几年来，咱村真真假假维持糊弄吧，鬼子虽是来过唐家山，到底没有杀人放火。这一回，咱们算是和鬼子撕破了脸，岛田一定会报复！"

李开方忙问：

"那咱们怎么办？"

唐汉宸道：

"你是不是赶紧着去找找上级，说说这几日发生的事儿，说说咱村遇到的难处。八路军抗日政权的宣传，固然十分有道理；维持鬼子是不对，打鬼子最光荣，这道理谁都得说好。可是，老百姓赤手空拳，没法儿和鬼子打呀。"

唐二忠在那边像是在自言自语：

"鬼子扫荡来了，咱的队伍说转移就能转移；老百姓庄户主儿，守家在地，能往哪里转移？都转移了，谁种地、谁给八路军交公粮？"

唐汉宸连忙喝止：

"二忠，别说那些没用的淡话！"

唐汉宸回头还是冲着李开方：

"开方，你找到上级，尽你的能力，闹不到快枪、手榴弹，哪怕是讨要回几颗地雷来也成。根据地的报纸上说，后山里韩家会民兵发明了石雷，填上炮药，炸开来威力也不小。你能学到那打造石雷的法法儿也成！"

李开方点头答应：

"我这就上后山。可是，我离开的这几天呢？万一鬼子要报复，真个的来，你们怎么办？"

唐汉宸稍作沉吟：

"老百姓手无寸铁，鬼子前来报复，又没法知道具体是哪一刻会出动。咱们既然已和鬼子翻脸，那真说不定鬼子当即就要来杀人放火。这般情形无论如何不能瞒着村人，假若毫无防备，受了大害，这后果谁能担待得起？到早饭时分，我就着人筛锣呐喊，通告全村'跑反'。能投亲的投亲，能靠友的靠友，让大家先避避风头。"

唐汉宸说着，李开方连连点头。吕三太偏偏有说法：

"遇上点事，立马就逃跑啊？你们富户老财的命值钱，你老汉是不是也要逃跑？中国的事，我看就坏在你们这些人手里啦！"

唐汉宸神色肃然了，定定看了吕三太一刻，才说：

"怕我逃跑，后生你手里不是有大刀片子吗？"

听得话题不兆，李开方忙来打圆场：

"三太！为村人的事，一天两次上炮台，汉宸叔是只顾自家的人吗？——汉宸叔，你再说。"

唐汉宸先说道：

"你们民兵后生家，还得辛苦些。白天黑夜，都得派人在村口站岗放哨，负责报警。怎么排班值勤，你是民兵队队长，你看着办吧！民兵队要是不乐意呢，算老叔我没说。"

然后看看天色，准备离去，临出场院，唐汉宸特别对吕三太加了一句：

"三太后生，要是实在不放心我这号财主富户，你不用操心鬼子报复，你就专门操心我老汉好啦！"

看着唐汉宸走出场院，吕三太不红不绿地嘟囔一声：

"嚯！这老汉火气还不小哩。我操心你干啥？谁不清楚我吕三太是光棍一条，一人一户一口锅，无儿无女无老婆。我给自己还操心不来哪！"

吕三太原本就炮筒脾气，惯爱抬杠，这一向脾气见长，说话愈加刺耳难听，李开方多少明白些其中缘由。夏天的时候，区小队来人号召唐家山成立民兵队，村上拢共两个人到晋绥边区去听过报告会，一个李开方，另一个就是吕三太。谁当民兵队队长，据说，区小队的贾工作员请教过唐汉宸的主张。唐汉宸说了些什么，人们不得而知。老先生为人端方，说话向来最讲公理。到末了，村里后生们都一致推举李开方当的队长。吕三太耿耿于怀的，怀疑唐汉宸没给他上什么好话。

民兵队队长有什么好？出力跑腿担责任，上区里多开两次会，多费自家的鞋底子。李开方推脱几回，推脱不掉，只好出任队长。如今唐家山出了大事，自己老婆给抓上炮台死活不知，还得拿起架势来掰扯民兵队的事。

　　李开方要去找上级，民兵队值岗放哨的任务，当下全权委托吕三太来负责。说好所有民兵都听吕三太的指挥，那杆鸟枪只能吕三太一人保管使用。吕三太这才心气儿顺了一些。

2.

　　汉王镇炮台，鬼子和伪军乱了一夜。

　　自打建起炮台，只有过鬼子骚扰四乡的事儿，还从来没有遭到过任何袭击。炮台大院的后墙，被拱开一个大洞；乱葬岗那边，烟火炮仗的，弄不清到底来了多少土八路。炮楼上两挺机关枪直响了个把钟点，消耗了整箱的子弹。由于情况不明，鬼子和伪军都没敢走出大院一步。

　　直到天亮，岛田方才大致摸清了情况。

　　在院子后墙那儿，察看了破洞，捡回一根木桩。派毛莠子上乱葬岗一回，捡回一只煤油桶。

　　尤令岛田恼火的是，有几个日本军士负伤。龟尾被那女人用一支簪子刺瞎了一只眼睛，炮楼顶上的机枪正副射手，都让火枪铁砂打得满脸开花。

　　到底夜袭炮台的是什么人？根据机枪手的伤势，判定是中了火枪铁砂；再从火枪推论，最终判断定是唐家山的一干民兵。

　　一个班的日军即将奉命出发，不得延迟。岛田先安排了这件事。只是将原定带队的龟尾临时换成了三木。

早饭过后，炮台外院，以三木为首，十来个鬼子军士整装待发。龟尾包扎了一只眼睛，带领留守日军来送行。送行者队列里，有两个军士，满面是火枪铁砂打的伤痕。

警备队和特务队分列两厢。特务们还是七歪八扭的，伪军警备队有值星排长带队，倒还整齐。

值岗的伪军早已打开大门放下吊桥，三木曹长发令：

"龟尾中士不幸受伤，中队长特命我带队参加皇军的大扫荡。听我的口令——向右转，跑步前进！"

龟尾和留守的鬼子兵，打着立正行着军礼，目送出征者远去。

伪军和特务们早松松垮垮解散了。

安排罢参加扫荡的队伍出发，岛田开始部署针对夜来偷袭事件的行动。

上房中队部，侯聚奎和疤瘌五站在地下听候训话；朴翻译官平日出入岛田左右，相对不那么拘谨，但觉出今日气氛，也在当地站得笔挺。

岛田立在桌案后，表情好生愠怒，没头没脑地说：

"你们中国人，还有朝鲜人，统统忘恩负义，对不起我们大日本帝国！"

当地下三个人，表情一个比一个尴尬。

岛田接着道：

"两个俘虏没有杀掉，两个女人始终优待，大日本皇军用了最大的耐心，对唐汉宸拿出了绝对的诚意！唐家山民兵队，非但没有解散，反而前来偷袭炮台，而且伤了皇军士兵！胆敢公然对抗，必须受到惩罚！"

岛田用指节咔咔敲响桌面：

"民兵队后面，一定是唐汉宸在撑腰谋划！"

疤癞五终于有了插话阿谀的机会：

"中队长大太君给了他多大的面子？唐汉宸他是给脸不要，简直是忘恩负义！他咳嗽一声，唐家山地皮子乱颤；没有他的主张，唐家山那几颗脑袋拢共能称出几斤几两？大太君说得对对的，就是他，没错！"

警备队侯聚奎见不得疤癞五这号托臀捧屁的样儿，冲着疤癞五的话茬说道：

"你我都是村里长大的，后生们要干啥，也不是老者们都能拦下的。李开方的老婆关在炮台上，他能不着急？就算唐汉宸思谋为着救人同意维持皇军，那也不是他一个人说了算的事儿。"

疤癞五随即顶撞回来：

"侯队长你怎么能替唐汉宸讲话？依我说，这就该立马抓捕唐汉宸，来个'竹笋炒肉'，过他一堂，打得他皮开肉绽，民兵们到底是不是他指使的，看他吐实不吐实？"

"大太君礼贤下士，原本是要感化唐汉宸；要动武抓人，能等到今天啊？"

看样子两人还要争执，岛田挥手制止了：

"对民兵队，当然要报复；对唐汉宸，也必须给予警告！眼下，炮台上的皇军分兵一半进山参加扫荡，现在是特务队、警备队立功的大好时机到了！"

疤癞五连忙抢着呼应：

"怎么行动，大太君一定是早已胸有成竹。如何报复、怎样警告，特务队敬候大太君指令！特务队奋勇争先，绝不后退！"

岛田先分派特务队的任务：

"唐汉宸对我搞夜袭，让我睡不成觉。特务队按我的部署，今晚夜袭唐家山！"

"需要杀人放火吗？杀多少人、放多大的火？大太君你放话！"

岛田黑了脸：

"就你们特务队所知，唐家山哪些人是民兵，统统抓来！胆敢拒捕对抗者，格杀勿论！放火嘛，先烧了唐汉宸的宅院，给他一个警告，以观后效！"

疤瘌五得令：

"是！好嘞！特务队保证完成任务。今黑夜等着瞧，让忘恩负义的中国人，特别是让唐汉宸老家伙，睡不成觉、过不成年！"

疤瘌五翻眼瞧瞧侯聚奎，一副得宠嘴脸：

"侯队长，你看见了吧？咱特务队，大太君最信任！"

说完，这才屁颠屁颠退出。

不等岛田分派任务，侯聚奎主动询问：

"大太君，我们警备队的任务是？"

炮台上如今剩了十来个日军，警备队倒有大几十号人，岛田分外严肃了脸色：

"皇军兵力减少一多半，必须全力守护炮楼。从今天起，警备队全权负责整个炮台警戒。不仅要一如往常二十四小时排班警卫，从今天起，晚上加派双岗；同时，要派人手在汉王镇大街和镇子周边日夜巡逻！"

"日夜巡逻？"

侯聚奎面露难意，岛田离座，用脚踢踢早上捡回的煤油桶：

"昨晚，如果来的是真正的八路，后果不堪设想！唐家山民兵的夜袭，给我们敲响了警钟，巡逻警戒，非常必要！"

侯聚奎原本是国军地方武装所谓杂牌军的一个连长。山西抗战著名的忻口战役中，阎锡山竭力抵抗一回，不料日军从侧翼攻破娘子关，对中方部队形成了钳形包抄夹击之势。阎锡山不得已下令撤退。队伍上下失去了联络，侯聚奎所属部队被日军包围。团长自杀殉国，各营有的四散，有的死伤多半突围而出；侯聚奎这个营，弹尽粮绝，营长为保全弟兄们的性命，咬牙担起一个"投敌汉奸"的名头，全营给鬼子干了伪军警备队。

既然投降了鬼子，侯聚奎自是要听皇军命令，但千方百计的，总要尽力给弟兄们争取利益。就一件加岗巡逻的事儿，反正不肯来个爽快，对岛田继续诉苦开来：

"大太君，一帮弟兄跟随我侯聚奎投靠了皇军，固然是为了大东亚共荣，说到底不过是吃粮当兵。警备队的伙食薪饷待遇，和皇军相差太多，弟兄们再要加班加岗……"

警备队的薪饷待遇，侯聚奎拿这个来说事不是头一回了。岛田不耐烦，也不肯磨牙费嘴解释，干脆就用高压政策来对付：

"怎么？你们警备队要和皇军讲价钱吗？"

侯聚奎也不怎么害怕，口气却是几分害怕：

"这我哪敢哪?"

岛田放缓了语气:

"警备队由皇军充足供应军备弹药,但粮饷要自筹,这是几年来的老办法了。汉王镇周边的村庄,任你去抢粮抢牲口,皇军给你的政策宽大得很!抢回牲口任意宰杀,你的弟兄照样吃肉。非要比照皇军将士,供应大米罐头,哪里有这样可能?"

说到抢粮抢牲口,侯聚奎也有对答:

"警备队的任务原本是在皇军占领区维持治安,到底不是占山为王的强盗,怎好公然抢劫?况且抢了几回之后,老百姓坚壁清野,粮食猪羊啥的,都不好抢啊!"

岛田冷笑一声:

"呵呵,小河湾教堂,金银器皿多得很,也坚壁清野了吗?"

这样主张,大大出乎侯聚奎预料:

"抢美国人的教堂?"

岛田接着说道:

"日美宣战,美国成了大日本帝国的敌人——到现在,侯队长还不认为是这样吗?"

说罢,岛田仰脸去看天花板。

翻译官使了个眼色,侯聚奎默默退出。

3.

筛锣呐喊的,包括村民奔走相告,唐家山所有户头都知晓了当下情势。

天寒地冻，又临近年关，人们诅咒连连，议论纷纷。多数诅咒天杀的鬼子的，少数连称时运倒霉的，也有怪怨民兵后生去袭击炮台是"老鼠撩逗猫屁股"的。

十分胆小的，选择投亲靠友；多数户头心存侥幸：就算鬼子报复，也不该报复到自家头上吧？

唐汉宸把话说在了当面，尽到了心罢了，又不能强迫大伙儿离开村子。设若鬼子不来，惊天怪地扰动人们一回，算个什么事儿呢？

唐家高门大院，祖上建房之初在上房里间还修了地道。便是鬼子前来报复，紧急时分不难脱身保命。安顿了老伴儿，嘱咐了唐二忠，唐汉宸独自上了小河湾教堂。

唐汉宸心里盘算了，估计鬼子报复，目标先是民兵们。后生家腿快灵动，况且负责值岗瞭哨，足可应付突发情况。其次，怕鬼子的行动会捎带上美国朋友卫德迈。卫德迈坚忍执着，性情率直中有几分天真，恐怕想不到小鬼子的偏狭诡诈。

卫德迈果然毫无戒备。说岛田可能前来骚扰乃至报复，卫德迈偏生不在乎，有几分"倒要看看小日本他究竟能怎么样"的意思。

唐汉宸不由分说，连拉带拽的，硬是要卫德迈离开教堂，说要找个僻静地点，两人好做彻夜谈。

离唐家山庄子里把地，走过些田埂小道，寒风萧萧的，唐汉宸领着卫德迈来到一座茅庵前。原来这是村里多见的那种建在野外用来看护秋田的简易小屋。四壁石块搭造，顶上横亘些木椽，上面苫盖了挡风遮雨的茅草。

钻进茅庵,唐汉宸掩上门,放下草帘来遮蔽了窗户,末了才点燃墙半腰小龛里的油灯。

灯光映照,地下铺着谷草、麦秸、老羊皮。

两人席地,盘腿对坐了。墙角有提前预备的提篮食盒。唐汉宸打开食盒,取出几样小菜,从棉袍贴胸的怀里掏出一把锡壶、两个酒盅。

唐汉宸斟上酒,请卫德迈一道端起酒盅:

"这酒还温温的。来,咱一边躲他岛田报复,一边吃酒聊搭。庄户人看秋的庵屋子,简陋些,也还避风。卫先生将就些啦!——山西驰名巴拿马赛会的老坛子汾酒,你品着怎么样?"

如此野餐,这般老酒,唐汉宸的安排又别出心裁,卫德迈大受感染:

"日本人占领了你们中国,我看唐先生你活得还是非常乐观啊!"

唐汉宸笑笑:

"鬼子打进中国,好多年了吧?日本人不过是占了些铁道线、大城市罢了。要占领我们全中国,我看他是贪心不足蛇吞象!赶上战乱年月,担惊受怕,东躲西藏,这叫什么日子?可老百姓庄户人嘛,该过日子还得过!好比卫先生你,该救孤儿还得救。——娃娃们都转移走了,到底是件高兴事儿嘛!来,咱喝点酒,驱驱寒气。"

卫德迈问道:

"不知唐先生你想过没有,假如你们中国亡国了呢?"

这样的话题,唐汉宸岂能没有想过,当下却淡然说道:

"八国联军进中国——对了,其中也有你们美国——中国尚且没有亡国。这会儿,美对日宣战,美国成了中国的盟友,帮着我们抗日,我看中国更不会亡国了。"

卫德迈穷追不舍：

"我说的是'假如'。假如你们中国亡国了呢？请唐先生讲讲你的真实想法。"

唐汉宸笑出声来：

"哈哈，卫先生果然认真。其实用不着'假如'，卫先生你知道，中国历史上，一次，蒙古人打进来，占了中国九十余年，史书上叫元朝；一次，建州满人打进来，占了中国二百六十余年，叫作大清朝。这算不算就是亡国了？可结果怎么样？中国还是中国。这两次，说白了，无非就是两次改朝换代。元朝、清朝，都成了中国经过的朝代。"

卫德迈两眼放光，主动给唐汉宸斟上酒：

"唐先生，你是个有思想的中国知识分子，你的历史观非常新鲜！"

唐汉宸摆摆手：

"山野草民，哪里敢说有什么历史观。比起寻常庄户人，我也是个种地纳粮的农夫，不过是多认几个字，哪里敢称知识分子。庄户人老百姓嘛，什么日月都得过；话说得大一点，中国老农民，什么朝代没经过？不用扯亡国不亡国的话题，卫先生你没看看汉王镇上的老百姓？大样小比，日本人的占领区，那儿差不多就是亡国了。老百姓，还是中国人吧？回过头，能说汉王镇真个不是中国了吗？"

卫德迈更是瞪大了眼睛：

"唐先生，你让我非常吃惊！真的，你的说法，非常新颖！我是第一次听到这样的言语，你让我第一次睁开眼睛看到了真正的中国人。——不不，我说不清楚我想说的。请唐先生原谅我。你能不能告诉我：唐家山像你这样思考问题的农民，还会有吗？他们怎样看待中国的历史、中国的现状和未来？"

看着卫德迈竟有些语无伦次起来，唐汉宸就说：

"老百姓嘛，多数不读书，不认字。好像只是一些群氓，'上炕认的老婆，下炕认的鞋'。其实，草圪节都有个窟窿眼儿，老农民就不考虑中国的事儿啦？是没人问他。正经考虑中国问题的大人物多了去啦。他们何尝需要问一介草民呢？他们也都忙，恐怕也没这闲工夫。"

卫德迈语气急迫：

"我、我是一个美国人，我不忙，我有大大的闲工夫，我非常需要请教一个中国草民。——当然，我绝不肯认为你是所谓的草民。现在我就来问了：中国草民，在怎样考虑中国问题？"

唐汉宸认真想了想，郑重说道：

"金銮殿上坐的是什么东西，老百姓也管不了。自然日本鬼子说不定真个霸占了整个中国，假如是那样，老百姓能有什么奈何？可中国老百姓看事长远着哩！硬要他说，能说什么？我看他也许要说：'三双鞋底，磨倒他一朝天子！'就是这话！"

卫德迈跳起身惊呼：

"'三双鞋底，磨倒他一朝天子！'这个思想太伟大了！"

卫迈德如获至宝的样子。

此时，距离村庄更近些的地方，还有一座更简陋的用玉米秆交叉临时搭成的草庵。

草庵里，吕三太和二毛蛋在这儿放哨值勤。吕三太搂着猎枪躺着，二毛蛋抱着那柄大刀蜷曲半坐。

寒风吹动玉米秆上的干黄叶子，玉米秆缝隙里，黑黝黝的夜色里，隐约能看到唐家山村庄的轮廓。

吕三太往紧裹裹破袄，吩咐二毛蛋：

"这两天连明彻夜的，太累了。我先躺会儿。你要瞌睡了，也打个盹儿！"

二毛蛋也累了，嘴上说：

"站岗放哨，睡觉打盹不合适吧？"

一边说着，一边不由得打哈欠。吕三太大大咧咧的：

"多少迷糊一会儿，哪有那么巧，鬼子就正好来啦？咱民兵队现在我说了算，没事！有事我担责任！哼，民兵队的事儿，唐汉宸他凭什么给我们排班？指手画脚、料事如神的，唐家山数他日能！多么关心公众似的，他自己咋不来放哨站岗？"

二毛蛋早已眼神迷离。

唐汉宸和卫德迈这头，两人谈性正浓，海阔天空。

唐汉宸用木棍拨拨灯花，接着二人正谈论的话题：

"卫先生说得不错，中国人和你们美国人确实不同。听说，你们欧美人两军对垒，看着打仗打不过了，抵抗到底唯有一死，有'体面投降'这一说？"

卫德迈点头承认：

"是的。不仅有这一说，而且始终在这么实行。你们中国人爱说

'人命关天'，关乎人命，这个时候的投降没有什么不体面。"

唐汉宸微微颔首：

"道理嘛倒是能说得过去，打仗的双方都能这么想、这么做，我看也满不错。可是，在我们中国根本行不通。卫先生熟读我们中国的史书，定然知道李陵的掌故。汉武帝时候，李陵八千部卒对抗匈奴大军数十万，最后弹尽粮绝，不得已而投降，何况还准备得空逃回来，结果怎么样？结果是全家被杀，李陵成了汉奸。汉奸哪，这顶帽子他戴了两千年啦！"

卫德迈当即说道：

"所以，刚刚咱们谈到岛田开出的条件，你是那样为难。我们有人在岛田手里，岛田以此来要挟，你是否无论如何都绝不肯答应？"

唐汉宸道：

"卫先生你问得好哇！我唐汉宸人生父母养，一颗心也是肉长的。想起那几个人，将心比心，再想想他们的心情处境，我是五内俱焚。地藏菩萨发愿说，宁肯永住地狱，也要度尽众生，有时我恨不得跳起来立马上炮台，我就是戴上汉奸帽子，也得救人！"

卫德迈举着拳头用力晃动：

"我知道这非常难，但你这么做了，我相信唐家山的老百姓一定会理解你的！"

唐汉宸摇摇头：

"卫先生啊，你是中国通，我看你根本不了解我们中国的农民！这会儿急三火四催着你上炮台，没准儿日后就要唾骂你是汉奸！"

卫德迈叫道：

"我的上帝，这怎么可能？"

唐汉宸摇摇头，一一分说：

"就打上那几家事主能理解，甚至千恩万谢的，其他人呢？再打上民间认可我，体念我是为着救人去维持了鬼子，还有官家呢？卫先生你我都清楚，汉王镇维持会、县城维持会，那些人多数都是本地的头面人物，谁个没来由的就去维持了鬼子？恐怕有的是遭到生命威胁出于无奈。民众和官家，你耳朵里可曾听说，有谁能体谅他们一丝一毫？从民间草野到官家庙堂，骂声一片啊！"

事实正是如此，卫德迈不由得沉吟，唐汉宸接着倾诉：

"今天约出卫先生你来，唐某人确实想和你说几句心里话。佛经故事里有'舍身饲虎，割肉贸鸽'，说的是菩萨事迹。普通人听听故事罢了，谁能做得到？就打上我豁出来了，为救人嘛，我就当上这个汉奸。可是，唐某人毕竟不是菩萨，不是出家人，我只是个寻常种地的庄户人。我上头有列祖列宗，底下有后辈儿孙。我不能叫人戳点我的祖宗坟头，不能叫儿孙们永辈子抬不起头做人哪！"

唐汉宸看着卫德迈，卫德迈嘴唇嗫嚅，一时无言以对。

唐汉宸接着道：

"说到救助众生，我的儿孙后辈，算不算众生？牺牲我独自个儿也罢，我又凭什么牺牲我的子孙？"

唐汉宸讲到激动处，仰脖子将锡壶内的残酒饮尽，随后执手抱拳，对空揖礼：

"卫先生你是在教的，信仰上帝；我们中国人敬奉列祖列宗，讲究名节。信仰上帝的人，能做伤害上帝的事儿吗？敬奉列祖列宗的人，能做伤害列祖列宗名声的事儿吗？"

唐汉宸发问，仿佛又是在自问。

卫德迈手指捻动胸前的十字架。

灯光如豆，光影憧憧。

4.

村外不远处的草庵这儿，二毛蛋蓦地惊觉。打了个盹儿，莫非倒天亮了？在玉米秆的间隙里，村庄上空突然泛出红光，探头去看，原来村中起火了。

二毛蛋连忙推推吕三太，一边就嚷：

"三太、三太，村里失火啦！"

吕三太一骨碌爬起来，扒开玉米秆缝隙观察。火光映照，着火的地方像是唐家场院。

二毛蛋也看清了，就要冲出茅庵：

"是汉宸大爷家的场院失火，咱们快去救火吧！"

吕三太扯住他：

"你慌什么？像你家着了火似的。我看只怕不是失火，多一半是鬼子出动来放的火！弄不清情况，冒冒失失的，你去找死啊？咱们等等看看情况再说。"

二毛蛋就不敢妄动了，缩回茅庵里来。吕三太突然压住二毛蛋的脖颈，两人都伏低了身姿。

茅庵前头，唐家山通往村外的路上，只见五六个人影，匆匆迤逦而过。到底看清了，是疤瘌五特务队的人马。

二毛蛋扯过鸟枪，低声说：

"咱开枪吧？"

吕三太一把按住枪管，示意二毛蛋噤声，直到人影远去了，才说：

"幸亏我手快，拦住了你小子！看清了吧？是特务队！好家伙，特务队清一色的二把盒子炮！要是冒冒失失开了枪，哪有你我的好儿？这是战场，战场上的事儿，你得听我的！简直是胡闹三关，猪脑子、二百五！"

让骂成"猪脑子、二百五"，二毛蛋不干了：

"吕三太！我看你平常也净是吹牛皮，'狗卷门帘，全凭一张嘴'。咋咋呼呼，数你勇猛；事到临头，稀松软蛋一个！"

吕三太反正是嘴硬：

"我吕三太稀松软蛋？我手头是没有机关枪，要是有一挺歪把子机枪，你看我怎么打鬼子！——好啦，没危险啦，咱们赶快回村救火！"

二毛蛋其实并不是猪脑子、二百五，这时嘀咕道：

"咱俩负责放哨报警，让人偷偷进了村，村人问起来，怎么交代？"

吕三太想了想，端起鸟枪，冲着沟口方向放了一枪。

这二位赶回村里来的时候，大火已经熄灭。

有人前来放火，目标分明冲着唐家。

一处，唐家场院整个给烧毁了。马棚、饲草，全部烧掉。好在牲口骡马都没伤着，不知怎样挣开拴在槽头的缰绳，都跑到村街上。

一处，是唐家大院。下院的东西厢房着了火，门窗都着完了。房檐的椽头烧着不少，唐二忠拿水桶朝上泼水，浇灭一些；还在着火的，快要烧断的，唐汉宸满身水湿，用长把子铁叉挑落。万幸唐二忠力大手快，火势总算得到控制，没有蔓延开来。上院堂屋厢房，没受损失。

唐汉宸和卫德迈在野外庵屋，远远看到的是两处失火。一处在唐家山方向，一处是小河湾方向。两人来不及多言，分头各自奔赴火场。

卫德迈赶回教堂，已是一片狼藉。

大院平房建筑的门窗多数烧毁。教堂大厅倒是没有过火，但内部被洗劫一空，场面惨不忍睹。

留在教堂的唯一杂役告诉卫德迈，来糟害教堂的，是汉王镇警备队。

卫德迈自是痛心疾首。直接上汉王镇炮台抗议吗？一番口头抗议，有什么用？意义何在？当下，也只能将发生的事件写上教堂记事簿日志。整个损失情况，书面报告上级教职机构知晓。

唐家大院这厢，村人邻家的纷纷前来抚慰，唐汉宸夫妻少不得烟茶招待，表达谢意。询问失火情形、如何救灭的，唐二忠也得给说道一回。

到半上午，唐家大院稍稍消停些了，唐汉宸这才仔细察看现场，询问夜来种种情由。

事情的头绪大致能捋清，不是偶然失火，分明是有人放的火。具体是什么人来下手的，不好妄猜，须得着人设法打听。

说是有人放火,这个有根据。唐家大门没开,也没人翻墙进院,是有人在院外将火把扔进来的。

这放火却又放得有几分蹊跷:大院这儿,没有冲着住人的上房,是冲着下院来的。场院那头,拴骡马的缰绳没有挣断的痕迹,倒像是有人提前解开牲口的。

唐汉宸揣摩一回,吩咐唐二忠赶紧上汉王镇。自是要打听一个究竟,冤有头、债有主,到底是谁指使、何人动手放的火。还有更要紧的,是得打听清楚:民兵袭击炮台那一夜,炮台上突然开枪,到底发生了什么事。现如今几个被抓去的人,情况怎么样了。

嘱咐唐二忠小心在意行事。唐二忠粗中有细,叫东家放心,怀里揣了几块干粮,出门而去。

村街上,十字路口、官槐树下,村人素日惯常聚谈闲聊的处所,此刻成群打伙议论纷纷。

和前两天事情联系,多数人估计是鬼子派人来报复。于是,咒骂鬼子的、咒骂替鬼子干事的、替唐汉宸老两口庆幸的,纷纷不一。自然有人提到,几个人被抓上炮台,不知此事究竟如何了结。是谁先瞅见吕三太和二毛蛋从村外走回来,人们突然就想到:既然民兵们负责放哨,怎么没听说提前报警?

见两人走近,村人便一时噤声。

不等谁来询问,吕三太肩上扛着鸟枪,嗓门高高言语:

"汉奸王八蛋们真个狡猾,就没走进村的大道!不知道从哪儿偷偷窜进来的。王八蛋们心中有鬼,放罢火,鬼鬼祟祟想溜,哪能让他平白跑掉？老子火枪瞄准了，冲龟孙子们就是一家伙！狼哭鬼叫的，至少两三个汉奸中了铁砂！一道烟逃跑，窜得比兔子都快！——二毛蛋，你说是不是？"

二毛蛋便连连点头。村人细问情由，两人比比画画地解说，眉飞色舞。

突然看见唐二忠走过来，两人就住了口。

唐二忠翻眼看看他们，也不言语，径自出村。

吕三太面无表情，二毛蛋眼珠骨碌。

5.

警备队和特务队各自完成行动任务，回到炮台分头禀报了岛田。

侯聚奎抢劫到手不少值钱玩意儿，自然得派出人手值岗巡逻。疤癞五夸张渲染，说在唐家山如何放火、火势如何猛烈、村里如何鸡飞狗跳，震慑报复的效果必是怎样怎样。

作为有限报复，岛田也还满意。至于为什么不采取大肆杀人放火的行动，岛田有一番解释。上战者，以不战而屈人之兵。给唐汉宸留足面子，留下余地，促其悔悟自新，要他最终服膺皇军大东亚共荣的方针。岛田预料，日前对唐汉宸开出几项放人条款，他是必定要来炮台正式答复。待唐汉宸出任维持会会长，在当地影响定是十分巨大；皇军不费一枪一弹，汉王镇炮台的实际控制版图将大大扩充。

岛田这么说，疤癞五嘴上连连吹捧，侯聚奎也点头附和，两人心里都不相信。

疤癞五听说警备队袭击教堂，颇多斩获，暗暗羡慕那家伙的好运气。特务队夜来行动，受冻受累的，算是白辛苦了。而且，侯聚奎打家劫舍，干了一回只赚不赔的买卖。美国人，传教士，能怎么样呢？特务队的情况，可就不一样了。

特务队一哨人马，原本都是镇子上的街痞子混混。吃喝嫖赌、坑蒙拐骗，谁势大有权有钱，就给谁跑腿卖力。鬼子来之前，替乡公所催粮催款，狐假虎威；鬼子来了，即刻投靠，为虎作伥。

但这帮人毕竟本乡本土的，做事到底不能太绝。比如夜来行动，去唐家山放火，日后准会露底。放火呢，上命差遣，没法不干；至于抓人杀人，疤癞五提前就安排了，干脆没有上几户民兵家里去。而且，便是放火，也做了手脚。住人的院子，不去伤人；牲口棚那里，先解开骡马缰绳。唐汉宸老先生绝顶聪明，他该体谅到我疤癞五这番用心。

正午时分，疤癞五和侯聚奎不约而同都到汉王镇大街来吃馆子。两人碰了面，哈哈一笑，携手进了酒馆。

街面上，店铺如常营业。周边日占区村庄不说，便是属于抗日边区的村庄，照样有人来赶集上店。边区票子和日本鬼子的"鬼票子"如何兑换，商家们一清二楚。

肉铺吊着半扇子猪肉，粮食店米面箱上头横着大秤。临近年关，售卖香烛、大麻炮、红纸、年画、灶王爷的铺面，更是热闹。

有警备队扛枪巡逻，民众也视而不见。

有个伪军在烟摊上扔下几个毛票，自己取走一盒烟；有个伪军在烧饼摊上白拿了一个饼子，打饼师傅在那手背上敲了一铲子，伪军嬉皮笑脸的。酒馆里，疤瘌五和侯聚奎看见了，侯聚奎骂了一声：

"贱骨头！手不尊贵。三两分钱一个饼子，值当吗！"

毛荛子从炮台方向走来，扛着一只篮子，左顾右盼的像是要给伙房采买什么。一只大手突然从背后薅住衣领，像拎小鸡一样，将毛荛子揪到一条僻巷里。

毛荛子吓了一跳，挣扎着扭头去看，看清是唐二忠。

毛荛子伸手去松领口，一边恳求：

"二忠哥，你松松手，快让你勒死啦！"

唐二忠稍稍松手，压低嗓音问：

"毛荛子，你老实说，夜来是谁放的火？"

毛荛子忙说：

"我那哥，毛荛子对咱们自己人啥时候说过假话？我本来也要想办法给咱的人透露消息哩！"

"少啰唆，是谁放的火？"

毛荛子不敢再啰唆：

"上小河湾的，是警备队；去唐家山的，是特务队。"

唐二忠松开后脖颈，将毛荛子转个圈，前头还是抓牢领口：

"岛田鬼子这是要怎样？"

"这不明摆着嘛！一者是报复。火枪打伤两个日本人，人家怀疑是你们村的民兵干的。放火烧房子，出口气嘛。"

"还有呢？"

"听说是光放火没杀人，好像日本人这是要警告唐汉宸老先生。反正你得答应岛田，给人家当维持会会长嘛！"

唐二忠接着问：

"那几个让鬼子抓去的人呢？"

毛荞子一脸苦相：

"唉！如玉那小寡妇叫岛田糟蹋啦！"

唐二忠薅紧毛荞子的脖领：

"还有呢？"

毛荞子打着磕巴：

"夏、夏樱桃拿簪子捅瞎龟尾一只眼，让龟尾连开好几枪，给、给打死啦！"

唐二忠愣怔着，毛荞子又告诉说：

"人是我埋的。唉，连一张席片都没有，就那么囫囵身子入土啦。"

唐二忠松开毛荞子，问：

"樱桃不在了，家人能去收尸吗？"

"哪有那便宜事？我估摸是不成。乱葬岗在南沙梁，探照灯、机关枪的，岛田原本就要抓李开方，你去收尸，那不明摆着送死吗？除非唐老先生顺从了日本人。到那时候，我看啥都好说啦！"

唐二忠打探确实，放开毛荞子。

毛荞子回到当街，接着采买。

侯聚奎和疤痢五推杯换盏的，也吃喝得差不多了。话题未免扯到炮台上的当下大事。事情好似乱乎，两人其实都看得明白：岛田铆足心劲，非要逼唐汉宸就范。这事儿最终会怎么了局，还真不好说。

侯聚奎觉得，多半恐怕不成。夏樱桃一条命就那么死了，李开方血仇在身，岂能善罢甘休？就算唐汉宸委曲求全，还想救剩下的几人，民兵后生们能答应吗？这事儿开头一步棋，就走成了死棋。

疤瘌五却认为，民兵也罢，唐汉宸也好，是人都怕事、都怕死。皇军势大，谁都没奈何。你骨头再硬，硬不过东洋刀、三八枪。等到刀架在脖子上，都得服软。到皇军真个占了全中国，国家都成了日本人的了，老百姓谁不得喊人家的天皇万岁？恐怕倒是后悔自己投靠皇军投靠得太晚，喊万岁只嫌自家声儿小哩！

末了，疤瘌五颇为自己和侯聚奎的选择得意：

"咱弟兄两个，吃香的、喝辣的，这步棋走对啦！"

两人双双举杯，一饮而尽。

CHAPTER 第五章 05

1.

唐二忠从镇子上回来，村街巷口碰见乡邻打问，守口如瓶的，不说什么。见过东家，这才细细讲述。

唐汉宸和老伴儿感叹一回。夏樱桃那女子竟是那么刚烈，宁死不屈。安如玉也受了苦楚，怀着身孕，让岛田奸污了。何家老太太要来问询，该怎么说呢？

最是阴差阳错，鬼子开枪杀害夏樱桃的时分，恰恰正是李开方他们攻破炮台大院后墙的当口，令人跺足憾恨。李开方到后山找上级，等他回来这消息又该如何讲给他？

还有，人已然被害死，乡俗民风人情天理讲个入土为安，鬼子偏生不许你收尸！

本家四爷过来询问情况，唐汉宸给分说一回。

何家老太太那儿，着老伴儿登门，尽量安抚劝慰。就说村人总要想办法救人，老人家万不可着急上火，一旦病倒，如何是好。

李开方回来，樱桃的死讯再难开口也得率先告知。唐四爷体谅唐汉宸这儿刚刚遭了火灾，愿担当这码事体。

唐四爷和唐汉宸合计，樱桃的遗体回不来，按乡俗也该着设灵致祭。开方那儿李姓本家没像样人物张罗，唐汉宸得主持操办。

说该回来了，李开方果然赶回了唐家山。李开方找到了上级，总算背回来几颗地雷，有踏雷、拉雷，学了埋设地雷的方法，还特别学到了制作石雷的技法。

李开方收获满满，觉得众人该着格外兴奋才是，大伙儿的情绪偏偏不对劲儿。人们都眼神闪烁，支支吾吾的，结果是唐四爷给揭了底儿：

"'刺是一根，大不了抽底子一针。'脓疖子再疼也得挤。四爷就告诉你吧！"

听到樱桃被害，李开方像猛不提防遭了雷击，整个人痴傻了一般。往下，如何设灵致祭，一概听人摆布。背回来的地雷，怕娃娃们不懂乱动，唐二忠高高地搁到里屋立柜顶上。

李开方盯着地雷眼珠不动，拳头攥紧又舒开，心思仿佛集中在这上头，只是不言语。

吕三太说：

"有了这铁家伙，埋到路口，看他小鬼子敢踏进咱唐家山一步，炸他个粉粉碎！"

二毛蛋像是抬杠，却说的是心里话：

"小鬼子要是不来呢？要是偏偏炸住咱们的人呢？"

唐二忠帮着搭灵堂，看见李开方皱了皱眉头，一边插言道：

"没使用过这物件，我琢磨，咱准备炸谁，总得埋到谁落脚的地方。鬼子不来唐家山，他还不出炮台啦？"

李开方眼睛唰地点亮。看来，他是一门心思都在报仇上。唐二忠无意的一句话，点中了穴位。

往下，李开方仿佛有了主心骨，开口说话，参与设灵致祭的种种前期活动。

这天上午，李家小院开始祭祀礼仪。由于夏樱桃遗体未归，属于遥祭，没有请动阴阳先生和吹鼓手班子。

堂屋门头上贴了门孝。

堂屋内，布置了一个简易灵堂。

桌上，供着"亡妻夏樱桃之灵位"，摆好香炉蜡烛，以及馒头、油食等简单供品。

当地，李开方靠前站了，眼睛红肿；民兵们列于其后，神色戚然。

唐汉宸主持丧礼，当先焚烧黄表纸一封，揖礼上香一炷。唐汉宸当先口述简单祭文：

"唯我李府夏氏烈女樱桃，不甘鬼子欺辱，义烈身亡。埋骨荒野，不能入土为安，痛何如哉！唯天地山川草木之神，多加护佑；煞神恶鬼，不得欺凌。今番祭祀殊属草草，日后定当迎还遗体，大礼入殓落葬！呜呼哀哉，伏维尚飨！"

上香过后，唐汉宸回到供桌上首，对民兵们吩咐道：

"死者为大。后生们勿论辈分年岁，上香施礼，致哀三声！"

民兵们一齐揖礼上香，半跪了，齐声呐喊：

"呜呼！呜呼！呜呼！"

唐汉宸接着安排李开方致祭：

"当家人主祭！"

李开方盯视灵牌，眼神痴痴好半晌，唐汉宸又说：

"开方，你也烧炷香吧。"

李开方强忍泪水，上香毕，单膝跪地：

"樱桃，樱桃，我的樱桃呀！"

沙哑嘶吼，撕心裂肺……

2.

当晚，民兵们就出动了。

大家议论半天，最终李开方做出决定：干脆把两颗踏雷埋到炮台大院的大门口。无论鬼子还是汉奸，总归要出门，踩上了，痛痛快快炸狗日的一回！

比起上次抢人，冒险程度没那么大，但这一回行动目标在于杀敌，意义大是不同。炮台大院正门，唐二忠走过，知道壕沟吊桥什么的，虽然他不是民兵，自告奋勇愿随大伙儿参与行动。

埋设地雷的种种细节，在村里考虑了几个来回。特别是天寒地冻，如何开挖雷坑，不得要领。上级没说，李开方当时也没想到打问。炮台跟前，万一弄出响动，岂不坏事。

还是唐汉宸老马识途，见多识广，帮忙解决了难题。天寒地冻，比方在村里，谁家必须破土动工，还不照样搭棚埋杆、开挖穴道什么的。浇上几瓢热水，冻土化开了嘛。再挖，还有什么响动？

吕三太又打横炮：

"炮楼子跟前，哪来的热水？从唐家山提上茶壶去呀？"

唐二忠立马接上话茬：

"活人还叫尿憋死啦？后生家解开裤子尿几泡，我看满办事！"

二毛蛋真个到后墙根亲自试验一回，一边系着裤带一边跑回来喊叫：

"能行！掏家伙尿尿就管用！"

天色擦黑，几个人就到了汉王镇地面。沿着老河道沟壑低洼处，潜到乱葬岗这里来。一箭之地远近，镇子边上鬼子的炮楼子轮廓分明。炮楼顶上，间或有探照灯的灯光亮起，四下里照射一回。

抬头看看天空，三星将要正南，估摸快到夜半时分，大家潜伏爬行来到壕沟前。炮楼子耸立左首，正面是扯起的吊桥。侧耳去听，炮台大院里了无声息；抬头注视，炮楼子顶上有鬼子士兵的身影晃动。寒风里，看着那家伙像是缩着脖子。

唐二忠先轻轻跃下壕沟，李开方把地雷递下去，然后几人都下到沟底。壕沟一人多深，跳下去好办，爬上来就难些了。唐二忠使用随身带来的短把小镐开挖了两个脚蹬小洞，大家前后相助爬上壕沟。

过了壕沟，在高高扯起的吊桥下，靠近大门，这儿已是碉楼下的瞭望死角。

李开方先扫开地表浮土，划定了位置，然后几个人分头开挖两个雷坑。用家什轻轻一试，锄刃打滑，土层果然冻得铁硬。后生们有备而来，为防止声响过大，半跪了撒尿放水。再试，成了。

往下，众人屏住气息，看李开方独自操作。埋下地雷，填满雷坑，用小锄把捣弄瓷实；末了，撒上浮土，轻轻压上些鞋底印迹。

埋好地雷，准备撤退，唐二忠掏出几张写了字的麻纸贴在大院的门板和两侧的院墙上。

其时，正当夜半。

几个人撤离险地，平了喘息，这才发觉浑身汗湿，寒风袭体。

3.

临近午夜，岛田的中队部还亮着灯。

岛田失眠了。

这个帝国陆军士官学校的毕业生，自随着部队侵入华北山西地面，打过几仗，然后被安排在汉王镇炮台独当一面。打仗少了，立功机会有限，军阶提升速度就慢了下来。与自己平级的老同学，有的已是校官阶级。岛田渴望立功，费尽心机要在这近乎无所事事的岗位上，干出令上峰刮目相看的功绩。

睡不着觉，岛田敲响军士们的宿舍窗户，叫来龟尾中士，半夜安排任务。

龟尾连忙穿好正装，喊着"报告"进了中队部。岛田指指西北方向道：

"你听到了吗？好几天了，教堂讨厌的钟声还在敲。这是美国人在向我们示威！还有，那个唐汉宸尤为可恶，对我开出的条件至今没有回应。这个支那老家伙是过分傲慢啦！"

龟尾属于那种军事训练有素、除了暴力战胜再不懂其他的家伙，直杠杠开口道：

"直接干掉美国传教士，炸毁教堂大钟，钟声再也不会敲响。把唐汉宸抓来，命令他维持我们皇军。胆敢拒绝大太君，干脆枪毙！"

岛田鄙睨着龟尾，显出高人不止一等的表情：

"你真是太粗鲁、太莽撞，太没有头脑了！抓人、逼迫，只知道动武，已经落了下乘。那个唐汉宸嘴上不讲，心里会极度小瞧我们日本人的。支那人穷困、愚昧、一盘散沙，但在老派支那读书人眼里，认为我们日本人还远远没有开化。——这个，你是想都没有想过的；让你想，你也想不通。"

龟尾满脸不服，在中队长面前，打着立正连连称是。

岛田接着说：

"我要唐汉宸屈服，我要他自己求到我的面前。向我恳告、哀告，迫不及待要当我的维持会会长。我已经想好了，必须再给他施加一点压力。明天一早，你带队，把那个美国神父抓来！"

炮台外面，民兵们撤下来之后，李开方要大家先行离开，不必都在野地里受冻。他自己要一个人等候在附近，要看看那埋好的地雷到底炸不炸，结末会炸住什么人。

乱葬岗这儿，后半夜越来越冷，又不得点火取暖，李开方扯些茅草来，窝在草堆里挡寒。

熬到天亮，看清身边情形，自家窝在一座新坟包跟前。断定这正是樱桃的埋身之处，心里痛楚，更盼望那地雷快快炸响。

清晨，早餐过后，值岗伪军打开大门，放下吊桥。

三两个汉奸，疤癞五打头；后边是五六个日军，龟尾带队。

李开方这儿心跳咚咚的，茅草堆儿挡在前头，从草棵子缝隙里注视炮台大院方向。突然看见那儿人堆里，两股烟尘腾起，接着是闷闷的两响地雷爆炸声。

那儿，出发的人马刚刚出了大门，队伍快要踏上吊桥，毫无任何防备，汉奸和鬼子先后分头踏响了地雷。

火光蓦然一闪，爆炸声震耳欲聋。

前头的汉奸，给炸死一个，疤癞五被炸伤了大腿；后头的鬼子，一个重伤、两个轻伤。

疤癞五疼得抱着伤腿在吊桥上打滚，嘴里惨叫：

"我的妈呀，疼死我啦！"

龟尾侥幸，只是土块子溅起，击伤了腮帮子。

伪军岗哨傻在大门口，半张了嘴合不拢。没有受伤的汉奸，僵尸似的立在那儿。还是日军训练有素，当即动手将日方伤员拖回大院。

疤癞五不再吼叫，一边挣扎着坐起，一边痛骂手下：

"王八蛋、活死人，还不赶紧来救老子！"

侯聚奎听到爆炸声,和值星排长慌慌奔来。看了看场面,命令手下用扫把杆头试着戳戳其余地带,没有危险了,这才帮着将疤㾍五拖进院里。至于那具尸体,上前用脚踢踢,看样子是死透了。反正要埋,就不必挪动了。

岛田从里院疾步来到现场,巡视一番,脸色好生凝重。遥望唐家山方向,半晌不语。回身之际,便看到了大门板和两厢墙上的招贴,盯视片刻,随即五官扭曲,狰狞可怖,日语夹了汉语怒吼:

"八格呀鲁!来人!把这个给我撕掉、销毁!"

侯聚奎这才仔细来看,只见招贴上是拳头大的字迹:

滥杀无辜,鬼子残暴;杀人偿命,血仇血报!

众人都回大院里忙乱着,毛荇子独自出来,撕下招贴。毛荇子左右看看,将纸片团起,偷偷塞到怀里。

——乱葬岗那儿,草棵后面,李开方都看在了眼里。

4.

那几张招贴,是唐汉宸的毛笔字。几句词儿,通俗顺口,也是他拟的。要的是简单直接,但义正词严,等于是唐家山民兵给日本鬼子下的战书。杀人偿命,欠债还钱,老百姓自古认定的律条。"杀人者死,伤人及盗抵罪",汉王刘邦当年入咸阳,约法三章,就是这样的几条。

夜来祭祀夏樱桃完毕，李开方讲出要报复鬼子的计划，唐汉宸当即大加赞同。兔子急了还要咬人，堂堂血性男儿，岂能有仇不报。一向苦于老百姓手无寸铁，如今总算有了几颗地雷，不用在此刻等什么？让唐二忠一块出动，自然也是唐汉宸的主意。

候到临晨，李开方归来，叙述了地雷爆炸的结果，后生们都兴奋解气。唐汉宸心下清楚，今番算是对岛田小鬼子挑明了。唐家山低头维持日本人的话题，再休提起。

心中唯有一点不安，怕也是村人都会想到的：还有几条人命在鬼子手里，这可就眼睁睁看着无法可想啦！回过头说，李开方血仇在身，谁能拦住他报仇，谁又有拦住他的理由？

不能不想，又想不来个所以然。唐汉宸先到场院那面看看造地雷、石雷的情况，还得上李开方那儿商量防备鬼子来报复的大事。

唐家过火后的场院，骡马拴在槽头，椽子谷草的，临时搭个棚子给牲口避风挡寒。

场院一角，支起铁匠烘炉。唐家山小山庄，没有铁匠，从邻村请来了铁匠把式。师徒几个，油布围裙、坩埚铁砧的，正铸造地雷外壳。

另一角，唐四爷亲自动手，照李开方口述样凿刻石雷。

既能铸造铁货，何必还要石雷？李开方讲了其中道理。听说日本鬼子有探雷器，能探出铁家伙却没法对付石雷。就好比吸铁石，万不会吸起石头来。

唐家老夫人和两个妇女，端来煎饼、摊黄儿、枣山馍馍等过年吃食，茶壶水碗，紧着招呼匠人们歇工吃干粮。

铁匠师傅看看丰盛的歇工干粮,说:

"嚯,这是过年敬神祭灶的吃食呀!"

唐家老夫人叹口气:

"唉,日本鬼子糟害,过年也过不到心上!"

唐四爷说道:

"可不是。趁你过年,那小鬼子说不定来!紧操心、慢放哨,这不让里外烧了十来间房!这回,可是再不能大意啦!"

唐汉宸上李开方小院这头,上心事儿正是这个。

小院石磨上,是两颗地雷。大家围拢着,听李开方具体部署。他指着地雷说:

"背回来四颗地雷,夜来用了两颗踏雷,这是两颗拉雷。踏雷,我亲眼看见的,威力真个不小。鬼子汉奸,连死带伤,准有五六个!和汉宸叔商量了,匠人们照猫画虎赶着往出造地雷,这两颗拉雷成了咱的宝贝疙瘩。埋到沟口的要道上,鬼子进沟,咱就拉响地雷炸狗日的!"

唐汉宸加重语气强调:

"后生们,开方说得不错,这是宝贝疙瘩,甚至就是全村老少的保命疙瘩!不比上次救人,这回咱们把地雷埋到炮台跟前,鬼子汉奸还有死伤,岛田恐怕是更要报复。后山韩家会惨案,民兵伏击,打死一个鬼子兵,日本鬼子报复杀人,刀挑活埋,杀了三百三十多口人哪!"

吕三太打断唐汉宸:

"维持了鬼子,甘心情愿给人家当奴才,鬼子保准不会来报复!"

李开方皱皱眉头,唐二忠冲着吕三太道:

"除了抬杠、挑人话把儿,你不能说几句有用的?我们东家去维持鬼子啦?还是着了房子找你的麻烦啦?"

李开方连忙岔开话题:

"拉雷埋到沟口大道上,必须日夜有人看守。咱们民兵队两人一组,守候值班一天一夜。我和三太排头一班。真正操上心,哪里会睡着?"

唐二忠盯着去看吕三太,吕三太扭过脸看别处。

正冷场,有邻家女人左右搀着何家老太太进了小院,那老太太一边就嚷:

"可倒好!我家如玉怀着身子,数着就五六个月啦。你们不说往回救人,撩蜂踢蝎的去招惹日本人!不行,谁也不行,你们得给我说下个长长短短!"

说着,何家老太太冲人堆儿扑过来,民兵们都往开躲。吕三太没当回事儿,刚要高声咋呼,何家老太太一头撞进他怀里:

"听说就数你后生日能邪性,不叫他汉宸叔维持日本人。就是我老婆子这条命!我就冲你身上要我那媳妇!"

吕三太彻底没招儿了。要脱身,躲不开;浑身蛮力,使不得;眼神惶惶四下乱转,看谁能出手来解套。

遇上这样事体,李开方也发怵,忙去看唐汉宸。唐汉宸苦笑着,对李开方说:

"我来支应这老太太,你们该干什么干什么去!"

说着,唐汉宸上前搀扶了何家老太太:

"哎呀老嫂子,我的亲家母,你不要着急嘛。有话,你就对兄弟我诉说；有火气，你就冲兄弟我发作。——女人们，站着看笑声哩？赶紧给老太太拿条凳子来，请老人家坐下！"

李开方他们拎上地雷出了小院，听得院里何家老太太哭出声来：

"亲家呀，我可咋活呀？我那贤良的媳妇让抓上炮台，遭了罪过了呀！老天爷呀！"

5.

不出所料，唐家山民兵袭击鬼子炮台，被关在炮台的几个人，处境迅速恶化。

出于报复，岛田放话让先拿唐小顺开刀。

日军驻扎的里院，墙根木桩上绑定了唐小顺，没有蒙眼，也没有勒嘴巴。

旁边一张桌案，摆放着个两个日军骨灰盒，盒子上写有死者名号。

日前随三木曹长加入扫荡行动的兵士，战死两名。按照规定，战死者的骨灰，一般都是先要回归原先所属部队，举行追悼仪式。尔后将统一运回日本本土，一一交还到死者亲属手中。

龟尾用黑布眼罩蒙着一只伤眼，向着骨灰盒深深鞠躬，语气沉痛，念着悼词：

"渡边君、小林君，你们为皇军的大东亚圣战而献身，死得无上光荣！战友们一定会更加英勇战斗，用支那人的血，祭祀你们的在天英灵。愿你们的灵魂安息！"

龟尾再次深深鞠躬致礼，然后回头指挥士兵：

"军士们，面向仇敌，胸怀仇恨，勇猛白刃突击！给我杀——！"

几个鬼子，两人一组，挺着枪刺轮番上前，口中"呀它呀它"呐喊着，刺向唐小顺的躯体。大腿、肩胛、小腹，只是不要唐小顺即刻断气。一组刺够几刀，盯着唐小顺退下；另一组两人，挺着枪刺迈着齐齐的步子，咔咔地上前，继续猛烈突刺。

唐小顺，开始是惊恐万分；当挨了枪刺之后，疼得泪珠迸溅，连连惨叫；后来，惨叫变成咒骂：

"疼死老子啦！日本鬼子，我肏死你祖宗八代！"

鬼子军士，任唐小顺吼叫扭动，按照突刺条例，咬牙切齿连续轮番动作。

怒吼的唐小顺，脖颈憋红，眼珠就要努出眼眶，声音嘶哑；整个身躯上下，数不清的窟窿咕嘟咕嘟往外冒血。

看着唐小顺快要断气，龟尾拔出军刀，一个闪电般的劈砍，唐小顺的半个脖颈被砍断，颈动脉血管鲜血激射。

龟尾擦拭干净军刀，优雅熟练地军刀入鞘。

外院这里，负责给牢房送饭的毛莠子，先给安如玉送的饭。还劝说了几句，要安如玉努力加餐之类。等了一时，知道唐小顺没命了，叹口气，单单给保罗来送饭。

看守的伪军把两个牢房都打开锁链，毛莠子先从女牢房取走空碗。安如玉头发蓬乱，目光呆滞，捧着肚子在地下游走。

毛莠子看看空碗，还是好生劝慰的话：

"唉，反正是遭了罪过啦。无论如何，有奈无奈，总得吃进东西去！"

取出空碗放在外边窗台，接着端起碗盏来到男牢房。守门伪军看见今天的伙食里还有香肠、罐头之类，就要下手拿取，嬉皮笑脸说：

"嚯，还有罐头啊？"

毛荞子打开伪军的手掌：

"吃上这个，你也要急着'上路'啊？"

房间里，保罗胡子拉碴的，看到香肠罐头，眼睛一亮。毛荞子一脸的不忍：

"美国后生，可怜见的，临了饱饱地吃一顿吧！"

保罗探头看看外面，对毛荞子指指自己身边的空位子；毛荞子明白了，想说啥，又怕保罗听不懂，只好摇摇头，用手掌在衣领那儿做了个抹脖子的手势。

毛荞子退出，伪军关上门，在外面上锁。

保罗在屋内，偷偷揭起一块炕砖。保罗明白了，唐小顺已经被杀害了。于是，他做了最坏的打算。当然，他更要做一番最后的祷告。

6.

早上队伍出动，原本要将卫德迈抓来，进一步给唐汉宸施加压力，想不到皇军在炮台大门口遭了地雷袭击。岛田的恼火无以复加。

爆炸声惊天动地，皇军的损失摆在明处，汉王镇上的老百姓会怎想？唐汉宸这"一杆旗"，不仅没有砍倒，如今简直是迎风飘扬。

岛田虎着脸，闷头在中队部里思谋半天。晚饭后，他叫来侯聚奎、疤瘌五训话。

疤瘌五腿部受伤，没有伤着骨头，被地雷炸裂的碎片穿透肌肉，淌了不少血。日军卫生兵做了止血消炎和包扎，疤瘌五撑着拐杖来到中队部。既有轻伤不下火线的表演，又有推诿任何任务的借口。大太君或者还要抚慰几句，那也说不定。疤瘌五甚至做好听到表彰之后的回答话语。谁料，岛田开口便骂上了：

"你们看到了，我们大日本皇军始终优待俘虏，希望感化你们中国人，感化唐汉宸，唐汉宸却是冥顽不化！如果说，朝鲜人，统统是奴隶，那么你们支那人，是五万万猪猡！"

听训话的三个人，侯聚奎、疤瘌五加上翻译官，表情难以描摹。

岛田接着敲响桌案道：

"拒绝接受王道乐土，抵制大东亚共荣，反日抗日，一定要受到严厉惩罚！唐家山民兵队，竟然把地雷埋到炮台跟前，猖狂至极，一定要受到千百倍的报复！"

疤瘌五拄着拐杖，不耽误溜须拍马：

"呵呵，是冥顽不化，是猖狂至极，是得痛加报复！"

回头看侯聚奎，那伪军头目还真沉得住气，面无表情。

岛田接着说：

"本次皇军进山扫荡，节节胜利；为了扩大战果，指挥部命令各县驻防部队，再次抽调兵力增援。"

疤癞五忙又呼应：

"是节节胜利，皇军战无不胜嘛！"

侯聚奎耸动鼻子，听出话音，知道这是要警备队出头干活了。

岛田果然就说：

"报复唐家山的任务，由警备队执行！"

侯聚奎半天没有吱声。

岛田沉下脸，盯住侯聚奎问：

"怎么？有什么问题吗？"

侯聚奎不慌不忙地回答：

"大太君，事情明摆着，民兵敢把地雷埋到炮台跟前，唐家山能没有防备吗？再者，警备队负责警卫巡逻，兵力也抽调不开呀！"

岛田这回是真要生气了：

"怎么？你要抗命吗？"

疤癞五在一旁还要帮腔：

"我说侯队长，你也要冥顽不化、猖狂至极吗？"

侯聚奎拧动脖子，还是一股子黏糊劲儿：

"警备队哪敢抗命哪？地雷那威力都看见了，我只是请求大太君，给我的人配备一些扫雷器。要不然……"

岛田拦住话头：

"皇军普通驻防部队没有配备扫雷器。你的要求太过分啦！你这是故意刁难，临战怯阵，畏缩不前！"

疤癞五又紧跟一句：

"是临战怯阵，是畏缩不前！"

疤瘌五扭头给侯聚奎递眼色：

"我说侯队长，我知道你是心疼士兵，可是胆敢刁难皇军，你这是要大太君给你来个军法从事吗？"

侯聚奎这才极不情愿地行礼：

"警备队执行大太君命令。"

"好！"岛田离开桌案，走上前来具体部署，"警备队至少出动一个排的兵力，进入唐家山，要大肆杀人放火！当然，主要目标是民兵队。准许你抢牲畜、抢粮食，烧光、杀光、抢光！最后，要力争活捉唐汉宸！"

侯聚奎等人走出中队部的时候，日军宿舍那厢正在公然轮奸孕妇安如玉。

房间窗户透出灯光，窗纸上映出日军脱衣服、光身扑向地面榻榻米的影像。

宿舍门外，七八个日军士兵排队等候，看样子都带着酒意。有的淫邪嬉笑，有的迫不及待，丑态百出。

龟尾坐条方凳，看见侯聚奎、疤瘌五匆匆低头走过，视而不见的，拎着瓶子还在灌酒。

房门里有人走出，整理衣衫，外面轮到的匆匆扑进。

龟尾对士兵们大声宣布：

"这个孕妇，本来是长官的女人。这是中队长格外开恩，奖赏我们。大家可以再来一次，报复支那猪猡，充分体现我大日本皇军的战斗力！"

走出的士兵，又排到队尾。

7.

半上午时分，一小队伪军来到进山的路口。

侯聚奎在后压阵，值星排长歪戴帽子指挥，伪军战战兢兢前进。开始踏上进入唐家山的道路，队伍行进愈加缓慢。按侯聚奎的部署，前面有人探雷。所谓探雷，或者是河滩里捡上石块投掷试探，或者用一根长竹竿点戳路面。

侯聚奎叼着烟卷，也不催动。

前头不远，路边的田块里，塄埂下用浮土草叶掩藏了地雷拉绳。拉绳尽头，李开方和吕三太伏在玉米秆后面，早已看见伪军们进了沟。所谓拉雷，是拉绳牵动引信，地雷才会爆炸，踏上去反倒没事。李开方思谋过的，地雷拉响一颗，估计敌人不会傻傻地再踏第二颗。两颗地雷干脆埋在一处，引信同时接到一根拉绳上来。

眼看伪军就要走到地雷跟前了，好像速度更慢了。吕三太急得瞪眼，憋得大喘气；李开方攥紧绳头，屏住气息等待。

等前头探雷的走过去，大队伪军终于走到地雷这儿，绳索拉动，路上登时腾起烟尘，接着轰轰两响。

伪军给炸得东倒西歪，五六个人，看样子非死即伤。一时间，挨炸的鬼哭狼嚎，没挨上的惊呼怪叫。

侯聚奎摔掉烟蒂，自言自语：

"他娘的，不死伤几个弟兄，老子没法儿交账！"

值星排长脸上带血，倒也是跟随侯聚奎见过阵仗的。当下指挥士兵，举枪面向大路两厢，以防遭受进一步的攻击。

侯聚奎高声喊道：

"不用疑神疑鬼的了。估计还是民兵，拉响了地雷，跑个蛋啦！"

说着，上前察看队伍死伤情况。

小队长不歇心，顺着地雷拉绳看见庄禾垛子，朝那儿开了几枪。

——李开方和吕三太，早跑得没影。

值星排长过来请示侯聚奎：

"中队长，咱们还进沟吗？"

侯聚奎看看沟里道路地形，引开小队长几步，递上一支纸烟，说道：

"要是和正经对手作战，挨了地雷，咱还不前进啦？顶多绕开大路，走庄稼地。这回的任务是进村去杀老百姓，咱们那么卖命何苦来？死伤了几个弟兄，够他娘冤的啦！这还交代不下岛田来吗？"

"那咱们？"

侯聚奎挥挥手：

"抬上死伤弟兄，给我撤！——回去了，大家攒几个钱，安顿死伤弟兄的后事。我侯聚奎，出十块现大洋！"

CHAPTER 第六章 06

1.

岛田派出警备队,原拟实施报复计划,杀人放火的,以震慑唐家山民兵的抗日气焰,最终迫使村民就范。不料一个排的伪军,也挨了地雷。警备队大几十号人,情绪相当不正常。采买棺木、烧纸祭奠,在炮台外院搞得乌烟瘴气。受伤的,要求治疗;阵亡的,值星排长代表申请抚恤金。侯聚奎也不弹压。这样情形之下,也不好强令伪军继续执行任务。

如何体现皇军的报复意志,达到给唐汉宸施压的目的呢?岛田思虑一回,决定拿保罗开刀。曾想多留这美国传教士几天,作为人质以要挟,看来没有什么效果。卫德迈拒绝离开教堂,还通过教会组织将情况报告了美国有关政府部门,据称欧美报纸舆论哗然。岛田的上司责怪下来,严厉斥责岛田"处置涉美事件不力"。几个人质在手,最是那唐汉宸,分明满不在乎。

岛田一股无名火冲上脑门：

"你不在乎，我便杀人给你瞧！"

炮台外院，伪军们抽烟晒太阳的，一贯的散漫样儿。两个鬼子全副武装来提人，挺着枪刺，军靴咔咔的，带着凶劲儿与火气。

负责看守牢房的伪军打开锁链。一个鬼子留在门外，一个进屋，指指屋外，要保罗出去。

保罗面无表情，服从地回身去拎外套，身体遮挡了鬼子兵的视线。保罗抓起了那块炕砖，猛然回头，抡起炕砖，狠狠砸在鬼子的天灵盖上。

炕砖啪喳一声开裂，鬼子遭此重击，闷声栽倒，枪支脱手掉在地下。

外面的鬼子听得动静有异，急忙探头来看，保罗已经捡起步枪，一枪托捣在那家伙的面部。

鬼子猝不及防，倒仰身子跌出门外。

保罗追出院中，鬼子挣扎起身，拖着枪支狼狈逃窜。

保罗顺过三八枪，向目标扣动扳机，撞针咔嗒一声轻响，原来枪膛里没有子弹。

这时，倒在屋内的鬼子，头部淌血，哇呀鬼叫地冲出来。保罗迎上前，狠命突刺，连连几刀，那鬼子面目扭曲，委顿倒地。

门口的伪军、打杂的毛荠子，还有散在院里的警备队，看得目瞪口呆。

这时，听得里院哨声吹响，三四个鬼子端着刺刀由通行过道冲出来，从几个方向包围了保罗，嘴里"呀它呀它"地吼叫着突刺。

伪军们都躲开到屋檐下。

只见那美国人保罗，虽然不会刺杀，但仗着身高臂长，一副不要命的样子，刺伤了一个鬼子，鬼子尽管人多，反倒无法近身。

岛田疾步从内院走出，见状喝令士兵退开：

"统统退下！"

岛田夺过一柄枪刺，亲自单挑保罗。

岛田果然技艺高强，一个熟练的击打刺，格开保罗的枪杆，刺刀深深插入保罗的下腹。

保罗负伤，一只手抓住岛田的枪杆，硬生生拔出刺刀，连同步枪将岛田推离开去；另一只手，单手持枪，猛地刺向岛田。

岛田连忙撒手后退，掏出手枪，向保罗连开三枪。

保罗挣扎着不肯倒地，终于摸到胸前时刻不离的十字架，这才仰面倒下。

当院里，一厢躺着个日本兵，一厢躺着个美国人，鲜血在地上淌流了半院。

日本士兵的尸体，将要隆重火化，烧作骨灰后，贴上名号运回日本。保罗的遗体，看样子还是毛莠子的事儿，拉到乱葬岗胡乱埋掉。

毛莠子忙完了这一款，到了傍晚。伪军和汉奸们涌进食堂开饭。

当院里，翻译官叫住毛莠子，代表岛田大太君向他交代重大任务。

侯聚奎和疤瘌五都听见了，岛田是要毛莠子充当信使，进唐家山向唐汉宸递话，正式的说法是发出最后通牒。

通牒的主要内容：第一款，告知男女俘虏在炮台的死亡情况。因为唐汉宸拒不答应大太君条款，所以受到惩罚而予以处决。

第二款，明天日落之前，为最后期限。唐汉宸还不答应维持皇军，后天一早将脱光安如玉全身，在汉王镇的大街上游街示众！

听得这样通牒条款，侯聚奎包括疤瘌五都张口结舌。

毛荞子七歪八扭的，只是不肯充当信使。说自己嘴笨，怕传达错大太君的话语；再者自己怕死，害怕踩上地雷，就算踩不上地雷，也怕被民兵们打死。作揖祷告的，央求翻译官替自己推掉这码事儿。

翻译官好说歹说，最后翻了脸：

"怎么，是不是想要惹恼大太君，现在就将你当成刺杀靶子？"

毛荞子没法儿了，只好硬着头皮，答应当信使。

翻译官平和了脸色，叮嘱毛荞子明天及早出动，越早越好。早得一刻，留给唐汉宸的时间也多一刻。

侯聚奎在一旁冲疤瘌五说，按道理大太君这儿最后通牒唐汉宸，轮不着毛荞子去呀。莫非是怕翻译官挨了地雷不成？

翻译官听见了，递上香烟，解释一回。首先是通牒内容，必须告之唐汉宸，这个毛荞子能办到。其次是规格形式上，翻译官出面，像是日方主动登门似的。这中间，有大太君的面子问题，倒不是翻译官的命比毛荞子值钱。

朴翻译官最后苦笑着说：

"朝鲜人的命嘛，和你们中国人一样的。"

2.

半上午时分，毛荞子赶到唐家山沟口。

毛荞子害怕地雷，不敢再往前走，冲着沟口两厢吼，说是进沟来送信。

这一天，民兵队排班轮着二毛蛋小组值岗放哨。上级给了的地雷用完，村里自己造出的地雷还在试验阶段。填上黑火药，爆炸起来声响不小，铸铁外壳只能炸开几瓣。在上次埋雷地点往里百十步，埋了两颗。害怕闲人来客以及牲口踩上，埋的还是拉雷。即便炸不死人，吓唬劲儿终归不小。

值岗是黑夜连着白天。夜来，二毛蛋不敢再打瞌睡，瞪着眼到天明。天明了，日头晒得也暖和了，瞌睡劲儿上来了，窝在庄禾堆儿里眼皮子直打架。这就听见毛荞子的吼了。

两人押上毛荞子回村，铁叉棍棒的，可劲儿在背后戳打。

越是到了村口，二毛蛋越是表现，大嚷大骂的，快到村人寻常聚集的饭场，戳打也越厉害。毛荞子和村人多数认识，到饭场跟前了，举拳向着左右连连作揖求告：

"我是来传话的，乡邻们劝劝民兵大爷们，不要打我啦！"

几个庄户人，其中有吕三太，正端着海碗在村口吃早饭。

吕三太将饭碗蹾在石塄上，起身夺过民兵的棍棒，照屁股上痛打毛荞子，一边臭骂：

"八路军不打好人！老子打的就是你这号汉奸！"

毛荞子带了哭腔：

"我不是汉奸呀！叔叔大爷们，说句良心话，我毛荞子是给炮台上打杂的呀！"

吕三太不依不饶：

"伺候日本人，就是汉奸！老子手里没有快抢，对付不了日本鬼子，还对付不了你这号王八蛋？"

唐四爷出言制止：

"三太！毛莠子是个可怜人，况且是来传话的，你不用欺负他显本事啦！"

吕三太怪眼圆睁：

"你这老汉，也是保守主义落后分子，可怜起汉奸来啦？"

唐二忠从井上担水路过，毛莠子看见了，连忙求救：

"二忠哥，快救救我！我、我是替岛田给唐汉宸老先生来传话的呀，不兴打我的呀！"

唐二忠肩着水担，站住了说：

"三太，你是打便宜哪？'两国交兵，不斩来使'，毛莠子来送信传话，何况他只是个炮台上打杂的。"

吕三太不服：

"凭什么给日本人打杂？'毛莠子草，随风倒'，他和疤癞五一样，伺候日本人，就是汉奸！"

唐二忠便道：

"依你说，咱唐家山的户家都给日本人缴税，算不算伺候了日本人？能不能都说成是汉奸？还有，咱村的女人们上教堂打杂，就是伺候美国洋鬼子啦？就活该让日本鬼子抓走欺负？"

唐四爷在旁评断：

"二忠说得对,是这个理儿!毛荛子是来传话的,总得听听他要说些啥。打坏他,耽误了要紧事谁负责?"

吕三太被僵在当场。

唐二忠招呼毛荛子:

"毛荛子,你要传话,跟我来吧!"

这儿刚要挪步走,吕三太使棍子拦住毛荛子,大声嚷:

"唐二忠,你别忙!岛田鬼子给唐汉宸传什么话?毛荛子要说,得这会儿当着众人说!不能到唐家大院私下说,不许隐瞒,不许有人偷偷耍鬼弊!"

唐二忠当下也起了高声:

"偷偷耍鬼弊?哼!我们东家一辈子做人,光明磊落,堂堂正正,躺下也比一些人站着高!"

说话中间,唐二忠放下水担,横着扁担拦住村路,指派二毛蛋:

"二毛蛋,去!去叫你们的民兵队队长去!没人见证,毛荛子不许踏进唐家一只脚!"

吕三太还有话:

"这是有我在这儿拦住啦,要不然谁能知道鬼子要给唐汉宸传什么话。——毛荛子,你说!你就当众交代吧,鬼子要你传什么话?"

毛荛子偏生不乐意说:

"岛田要我传话给唐汉宸老先生,当着众人说还是单单冲唐老先生说,总得他老人家在场!"

3.

村口上乱乎了半天，李开方到场才算平息下来。唐汉宸老爷子要避嫌，民兵应该掌握情况，村人百姓多数也关心，李开方决定众人就上唐家大院，干脆公事来个公办。

午饭刚过，男人汉子家凡参与议事的，来到唐家，都集中到上院。下院里，女人们在东西厢房的屋檐下挨挨靠靠的，屏声静气竖着耳朵听事儿。有小孩子蹑手蹑脚进院，被大人瞪一眼，乖乖地退出。

上院里，毛莠子来传话，成了一个公开会场。

唐四爷、何家老太太，都坐着条凳。面前方桌上摆开水碗，唐家老夫人用茶壶给人们斟上水，脚步小小退到屋檐下，双手秉在腰间，站着照料场面。

李开方、吕三太也坐了条凳，民兵差不离都来了，站在一边。

院心当央，毛莠子跟前放着条方凳，没有坐，哈着身子回话。

看着再没人来了，唐汉宸在方桌后站起，看看全场，众人即刻不再交头接耳。唐汉宸朗声说道：

"咱唐家山村子不大，也有大几十户。有先来的，有后到的。毛莠子刚刚说的，后到的或者没有听全晥了，我再给众人说道一回。全村的事情嘛，众人做主；谁也是惹得起圣人，惹不起众人。众人听了日本人的话语之后，都有些什么主张，随后也都请讲在当面。"

唐四爷点头附和着：

"汉宸说的是。人多嘴杂,众口难调,向来是一人难称百人的心。反过来说,谁也不是说话的匠人,众人讲话,有谁说得不中听了,汉宸你也不能太在意。——你往下说吧。"

唐汉宸接着说:

"毛荞子来村,是替日本人来传话。其实,炮台里的情形,咱们问啥,他就老实说啥,毛荞子也算是给咱们透露消息的。"

毛荞子连连点头。

"上回,二忠到镇上打探,毛荞子递出话来,樱桃叫日本鬼子害死了。这几天,鬼子又害死咱们两个人。小顺子,让当成活靶子,刺刀捅了;传教士保罗,砖头敲死一个鬼子,让岛田手枪打死了!"

后面到来的,发出一阵压抑的惊呼。

"死者呢,是毛荞子拉到南沙梁掩埋的。掩埋尸首,炮台上是要给他两个工钱。可是,害怕狼叼狗啃,天寒地冻的,毛荞子把墓坑挖得够深,掩埋得严严实实。死者为大,这么说来,毛荞子还有几分中国人的良心。"

毛荞子受了夸奖,几分不安、几分感动,连连给众人作揖。

唐四爷问:

"人都让害死了,日本人不叫收尸啊?"

唐汉宸道:

"岛田让毛荞子传话,说到了这个。"

李开方站起来,咬牙切齿的:

"鬼子明说了,不许咱们收尸。南沙梁乱葬岗,离炮楼子不到一箭地，炮台上架着机关枪，谁要胆敢收尸，乱枪打死！"

唐四爷胡子乱颤：

"丧尽天良，鬼子真正不是人哪！"

李开方继续说：

"岛田还说，只要民兵队自行解散，不再和皇军作对，他就大大的优待，饶过我李开方，不予追究。这不是笑话吗？杀了我老婆，还不许我报仇雪恨。小鬼子，你也太把中国人瞧扁啦！"

唐二忠在人堆里发话道：

"这回，岛田叫毛荞子传话，说穿了就是一句——你想要救人，你想要让死者入土为安，除非你唐汉宸答应给日本人当维持会会长！鬼子还说，只要东家答应了他这一条，咱们袭击炮台埋地雷炸死人的事儿，可以一笔勾销。毛荞子，我说的对不对？"

毛荞子连忙点头，补充道：

"大太君——那鬼子岛田说，这样的条件是大大的优待。"

吕三太忍不住了，叫起来：

"简直是放他娘的狗屁！抓去四口人，杀了三个，还说是优待？"

李开方看看何家老太太：

"咱们活着的人，就剩下一个大肚子女人如玉嫂子啦。鬼子还有毒辣的招数，汉宸叔要是不答应他的条件，岛田说，要、要脱光如玉嫂子的衣裳在汉王镇游街示众！"

唐四爷就唾就骂：

"呸呸！牲口、畜类、禽兽！"

何家老太太急得想说什么，一口气上不来，突然出溜到条凳底下。唐家老夫人连忙上前，和女人们抚胸口、拍后背的。

看看何家老太太没什么大碍了，唐汉宸方才又说：

"鬼子杀了咱们三个人，岛田还有话，说得够狠毒。他说——我唐汉宸要是及早答应他的条件，三个人原本都不会死。唐汉宸分明是见死不救，三个人简直就是唐汉宸害死的！唐汉宸你和美国人卫德迈不是朋友吗？保罗不是卫德迈的部下吗？你能救保罗，能救卫德迈的朋友，你偏偏不救。你还有资格讲什么仁义道德！"

唐四爷气得哆嗦，手里的烟锅子乱晃：

"这这，鬼子也长得人眉人眼的，咋的就不说人话哩？"

唐汉宸看看何家老太太那边，回头说：

"岛田更狠毒的话还在后头。先头死了三个人，岛田说是我唐汉宸见死不救，这叫中国人不仁不义，不把人当人。如今，唐汉宸真的能忍心让如玉脱光身子游街，那么，唐汉宸就连中国人的脸都不要啦！"

"呸呸！日本人他不吃五谷？咋放的是这青草骡子屁？他他——"

唐四爷也快气得背过气去啦。

这时，安如玉的婆婆，坐在当院，突然大放悲声：

"我那死在战场上的儿子呀！我那可怜的媳妇呀！我老婆子不能活了呀！我的老天爷呀！"

面对这般情况，众人面面相觑。劝阻吧，老人家那么伤心，不让老太太哭出来，说不定当下就是一条人命；不劝阻吧，正在商量大事，不兴这么耽搁着。

吕三太受过何家老太太一回纠缠，直杠杠就来了：

"你这老太太，有话你好好说嘛！跑到人家院里号丧来啦？再号，民兵们把你拖出去！"

何家老太太不再号丧，冲吕三太来了：

"你拖吧！你拿大刀片子砍了我老婆子吧！反正我不想活，也不能活了！"

李开方和唐二忠把何家老太太架回条凳上。唐汉宸放缓口气劝慰：

"老嫂子，亲家母，你不用计较年轻人。有火气、有怨气，在我院里，你冲着兄弟我来。"

何家老太太定定地看着唐汉宸：

"唐汉宸，你不用和我拉扯甚的亲家，我老婆子算是看透你啦！那日本人说得对对的，你就是见死不救！你就是连中国人的脸皮都不要！我那媳妇子怀胎大肚的，我老婆子寡妇失爷的，老少两代寡妇呀！我家如玉一口一声地称呼你是舅舅，唐汉宸，你的心肠好狠呀！你咋就不能当一当那维持会会长？那是杀你哩，还是剐你哩？"

何家老太太是这话，当下吕三太鼻子里喷气：

"嚯，可倒好！还有人巴不得请唐汉宸当鬼子的维持会会长哩！我吕三太是在边区听过首长报告的，谁当鬼子的维持会会长，谁就是汉奸！我吕三太的大刀片子饶不过他！杀了白杀，砍了白砍！"

说着，吕三太示威一般斜拧脖颈瞪着唐汉宸。

唐汉宸苦笑着，冲唐四爷说道：

"老哥，你说的在理呀。真是人多嘴杂，众口难调，一人难称百人的心呀。"

唐四爷摊开双手：

"这这，今天这事儿咋个了结呀？"

唐二忠粗中有细，一向又是忠心护主，唐汉宸调理多年，遇事能分出个轻重利害，却是对李开方发话了：

"开方，你是民兵队队长，你更是去边区听过首长报告的。当着村人老少，你来说说，我们东家该着怎么办？"

众人就都看向李开方。

李开方见事情僵在这儿，清清嗓子道：

"当着村人，我李开方明人不说暗话，把我的想法说一说。不言鬼子害了多少人，就一条，樱桃死在鬼子手里，我就和小日本没完！汉宸叔常说一句话，唐家山的事，就是我的事。李开方赞成汉宸叔，也愿意学着担事。明摆着，如玉嫂子还在鬼子手里，谁也不会说不救。可怎么个救法？叫人作难。让汉宸叔去维持了鬼子？我打心底不赞成。——或者，咱们还是听听汉宸叔自己怎么说吧！"

唐二忠点点头，唐四爷也点点头。

众人这时就都来看唐汉宸。

唐汉宸挺直腰身，环顾全院老少一回，高声说道：

"乡邻老少，我看这么着吧。天色也不早啦，毛葫子也该回炮台了。岛田给咱的最后期限，是今天晚上，日本人等着他回话哩！当着头顶的老天爷，当着阖村三老四少，我唐汉宸把话撂在明处。村人看重我，我打心里感激。可我主不了村里的事，这是实话。不怕说出来丢人，连我二小子投奔八路军，人家也是自作主张，我连自己家里的事都主不了。说到最后，我能主谁的事？或者顶多能主了我自个儿的事。"

稍作停顿，看着毛莠子，唐汉宸加重语气道：

"我自个儿能做主的事，我自个儿说了算。维持会会长嘛，我是坚决不当！任谁把青天说得塌下一块来，说得我爹从墓子里走出来，也是这话。我唐汉宸是中国人，不是日本人的奴才。生当中国人，死做中国鬼。岛田他画下圈圈要我跳，我凭什么听他的指派？毛莠子，这一条，你回去清清楚楚明明白白转告岛田。杀人啦，欺负侮辱女人啦，他也不用拿这个来挟制人。他是要让中国人害了怕，对日本鬼子低了头。你回去告诉他，唐汉宸第一不害怕，第二不低头，坚决不当维持会会长。就这话，你记下啦？"

毛莠子连忙点头。

唐汉宸扭头看看何家老太太，放缓了语气，神情凝重道：

"至于救人嘛，炮台上抓走四个人，眼下还有个如玉女子活着，人命关天，我唐汉宸不能见死不救。毛莠子，你回去和他讲，既然他岛田这么看重我，只要他放回安如玉，我唐汉宸愿意上炮台，一命换一命，任他杀，任他剐！"

此言一出，阖村惊愕。唐家老夫人急了，在那儿喊：

"他爹！你——"

唐汉宸看看老伴儿，接着冲毛莠子说：

"毛莠子，你是信使嘛，把我的条件也得给岛田带回去。关于安如玉这一条，他岛田得把活人送回唐家山来。见了安如玉的真人活口，我二话不说，跟上来人上炮台。"

毛荞子又连连点头，唐汉宸继续说：

"我还有一条。其他三位，人已经死了，人死不能复生。但中国人讲究入土为安，我们得收尸。你对岛田讲，我唐汉宸甘愿出大洋三百、粮食三十担！我们花钱买，也要买一个死者的入土为安！"

唐四爷这厢连连颔首，何家老太太那儿作势要给唐汉宸磕头。

唐汉宸掏出几块银圆，递给毛荞子：

"毛荞子，当一回信使，磨鞋跑腿的，这几块钱你收起，回去把我的话一字不落讲给岛田。"

毛荞子连连推拒：

"唐老先生，这钱我不能要。来回跑个腿、传个话，还能收你老人家的工钱？扛一个月长工，才两块银圆，这这，也太多啦！"

毛荞子说着把拳头伸出来，唐汉宸推了回去：

"掩埋几个人，墓坑挖得够深，你有这份心。再者，日本人硬是不许村人收尸，年里节下，你在坟头上上香、烧烧纸。"

唐汉宸最后吩咐唐二忠：

"二忠，你送毛荞子出村！叫众人散了吧！"

唐汉宸说罢，再也不看众人一眼，兀自走回堂屋。

4.

把毛荞子送出村口，唐二忠回场院给骡马添草加料，天色也就擦黑了。

晚饭时候，唐二忠回唐家大院来吃饭，唐家老夫人在厨下招呼唐二忠吃饭，一边念叨：

"你说那日本鬼子算人不算？杀了人，不叫收尸，真也缺德。"

唐二忠就说：

"鬼子嘛，是缺德。"

"你说他爹吧，还应许上三百银圆、三十担粮食。不管咋吧，只要能叫咱的人入土为安了。

唐二忠说：

"东家的度量为人嘛，要不咋能叫成周边地面上的'一杆旗'哪！"

"他不应许当那甚的维持会会长，二忠，老婶子担心，这迟早是个事儿呀！还有，他应承下拿自个儿去换如玉那媳妇，这可就是上炮台呀！"

唐二忠不吭气了。

唐二忠埋头吃罢晚饭，唐家老夫人指指上房：

"你东家等着你哩，说是有话托付你。"

唐二忠进了上房，唐汉宸要他坐下，推过烟笸箩来要他吃烟，语气平平地说话。唐二忠听出来了，东家这是在安排后事，心里猫抓似的，一阵紧，一阵痛。

唐汉宸说：

"后晌一番话，讲在村人当面，要毛荞子传回炮台上。我甘愿一命顶一命，换回安如玉，岛田答应不答应，尚在两说。一者，人家不答应，非要我唐汉宸当维持会会长不可。如玉那女子可就遭了大罪过啦！

往下,岛田还有什么花样来逼迫,难以估量。一者,鬼子答应了,说不定我唐汉宸明天就给抓到炮台上去。上了炮台,我是宁死不向岛田他低头。这么说吧,我唐汉宸也就不打划活着回到唐家山了。家里的后事,我得讲给你。"

唐汉宸把话讲到这份儿上,唐二忠知道东家决心一死,这是九牛拉不转了。当下,泪水就忍不住了。

唐汉宸说:

"二忠,我上了炮台,家里没个男人了,你得撑起架子来。如此,我才能放心。"

唐二忠抹抹鼻凹的泪水,挺直腰脊,听东家交代。

先是如何安抚老太太,怎样劝她节哀顺变,这是一款。第二款,尤其当紧。大少二少都在公家任上,国难当头,不必回来奔丧。况且,自己的尸首十有八九也是不得入土为安,回来也无用。国恨家仇,要他俩记下了。效命国事,全心尽忠,无愧我中华国人,无愧我唐家后代。

主仆二人,直耗完了一盏灯油。

李开方这头,自己汉手汉脚煮了晚饭吃下,还得安排民兵值岗放哨的事情。民兵后生们,陆续会齐,对后晌毛莕子来传话这一码,难免议论纷纷。

安如玉还活着,唐汉宸愿意一命换一命,众人都赞叹。做人到这份儿上,还要他怎么样呢?何家老太太也没啥说的了。

只有吕三太还是怪话一堆:

"鬼子盯上了他唐汉宸,反正他是逃不掉。他也就得这么办!"

说到唐汉宸要用银圆、粮食换回三个人的尸骨，众人也都连连称道。就说三个死者里头有个唐小顺，唐家得管；保罗和夏樱桃的事儿，唐家也管起来，做事是够大样。

不料吕三太照样一肚子的怪怨不满意：

"唐家是老财嘛，有钱有粮食嘛！他家钱多粮食多，咋不分给穷人些？鬼子没提条件，他主动要给炮台上送银圆、送粮食，要我说，这叫讨好鬼子。说得严重点儿，这叫资助敌人！"

这么讲话，李开方黑了脸。二毛蛋就说：

"三太你说话，这叫人群里放屁只管自己痛快。依你说，樱桃就那么待在乱葬岗，不用入土为安。汉宸大爷要想办法弄回咱的人来，你反正是不高兴！你是当着光棍净说绝户的话！"

吕三太瞪了眼：

"我、我就是光棍，我就是绝户！开方他是听过边区首长报告的，对地主老财没有一点斗争性！唐汉宸拿出点儿银圆、粮食，就把人收买了？"

李开方再也忍不住：

"我没有斗争性，我不配当这个民兵队队长！吕三太你来干这队长吧！今晚上民兵值岗，你来派班！"

民兵们面面相觑，当下冷场。

唐家山村人、民兵夜不成眠的时候，汉王镇炮台上的鬼子汉奸们也没入睡。

中队部里罩子灯雪亮。翻译官、侯聚奎和疤癞五都在场，岛田的情绪相当好。

疤瘌五揣摩岛田的心思,努力表现:

"大太君,特务队已经派人去唐家山沟口接应,估摸毛莠子该回来了。"

岛田微笑了:

"你的安排挺好。毛莠子回来,一定有好消息。只要他把我的话如实传达,我相信,唐汉宸这次一定会服输、服软!"

疤瘌五总归忘不了拍马屁:

"大太君的锦囊妙计,唐汉宸他是得服输,是得服软!"

侯聚奎不擅拍马屁,说话多半客观些:

"唐汉宸是不是服输、服软,等毛莠子回来才能知道吧?"

侯聚奎话里几分不信,岛田微微一怔,换个角度来强调自己的判断:

"假如唐汉宸不答应我的条件,明天就将安如玉脱光,在汉王镇集市上游街示众。我来问,你们会十分愉快地执行这个任务吗?"

侯聚奎和疤瘌五对对眼儿,摇摇头道:

"大太君,我但愿这只是一个说法。真的要这么办,恐怕我的弟兄们要抗命。"

疤瘌五即刻做出腿伤痛苦的样儿:

"大太君,我这腿伤还没好,我不能走路呀!"

岛田得意地一笑:

"你们的表现,果然不出我之所料。你们中国人,最看重女人的贞洁,同时你们中国人又爱面子,非常爱面子!所以,我的这一招,击中了唐汉宸的要害!他一定会服输,一定会服软!"

疤瘌五也笑了起来,表情夸张:

"哈哈,他是得服输,他是得服软!"

岛田下令:

"特务队、警备队,今晚统统加餐,每人两听罐头!"

5.

岛田心情大好,奖赏过特务队、警备队之后,摆酒犒赏自己。

中队部起居间内,榻榻米上摆着矮桌,上面准备了酒具。

安如玉刚刚出浴的样子,脸上扑了粉、画了眉,但遮不住满面戚容。头发被梳理成日本女人的样式,身上穿了和服,整个被打扮成东洋女人的形象。身体已经发笨,怀孕的肚子更加突出。

岛田从推拉门走进,也是一身和服。

岛田道:

"你的性格很温顺,而且听话、服从,很像我们日本女人。抬起头来,让我看看。"

安如玉听话地抬头,面容僵冷着。

岛田摇摇头:

"这样不好,你要高兴起来,笑一笑。笑着给我斟酒。"

安如玉就努力微笑,给岛田斟酒。

岛田一边饮酒,一边说:

"假如你不听话,明天就把你脱光,拉到汉王镇游街示众,你觉得怎么样?"

安如玉猛一愣,下意识地裹紧衣服,低下头,泪珠无声滚落。岛田倨傲地看着这个无助的女人:

"这样不好,哭泣会让女人变丑,赶快止住泪水,扑点粉。"

安如玉咬紧牙关,尽力含住泪水。

岛田接着折磨安如玉:

"我派人去唐家山了,你的婆婆不肯花钱救你!"

安如玉抬起头,泪眼直视岛田,清清楚楚说道:

"我的婆婆我知道,就是卖房卖地,她也要救我!"

"可是,唐汉宸他拒绝救你!"

安如玉回答得很断然:

"汉宸舅一定会救我。那天上炮台,他挨了多少棒子,我知道他就是救人来的。"

岛田点点头:

"你第一次开口讲话,讲得很老实。——你的先生当兵出征,你很想他吗?"

安如玉脸上现出几分怀恋和羞涩,又要竭力掩藏的样子,低下头说:

"你远道而来我们山西,你家里的女人也会想你。"

岛田大声道:

"说得好,你说得好哇!"

岛田自己斟酒,痛饮一盏:

"假如明天，我就放你回村，你高兴吗？"

安如玉眼睛一亮，但又不敢相信，低头捻弄衣襟。

岛田说：

"大太君我说的是真的！"

安如玉脸上乍然现出灿烂的笑容，随即是止不住的泪水，胸中发出压抑的呜咽……

这时，翻译官在外面轻轻敲响屋门，隔着窗扇报告：

"太君，毛莠子回来了。"

岛田急忙起身走出起居间。

安如玉不由得在榻榻米上竖起耳朵，隐隐约约听得出毛莠子怯怯地说话的声音，声音时高时低，多半听不出说什么。

蓦地，就听见岛田暴跳如雷的怒吼，夹杂了扇毛莠子耳光的脆响，随后是茶壶、茶碗被摔碎的声音。

推拉门哗啦打开，岛田气急败坏，面容狰狞进屋。安如玉跪在那儿，不禁猛一哆嗦，双手下意识地护住肚子。

岛田破口大骂：

"混账！唐汉宸老家伙竟然不肯答应我的条件！见死不救，支那人不要脸，统统是猪猡！"

安如玉跪伏着，不敢抬头。岛田继续咆哮：

"还有你！皇军不打你、不杀你，对你大大的优待。你根本没有内心感谢，你在默默顽抗！貌似不作抵抗，你的目的是要保住胎儿，你要给你的猪猡丈夫留下孽种！说！大太君我说得对不对？"

安如玉抬头，看见岛田那狰狞变形的面目，低下头嗫嚅着不敢言语，双手更加护着肚子。

岛田突然上前，猛地冲安如玉肚子就是一脚！

安如玉慌慌退到墙角，紧紧抱住肚子哀求：

"求求你啦！让我保住这个娃娃，我下辈子给你当牛做马呀！"

岛田暴跳着大骂：

"八格！"

接着兽性大发，冲上来上边扯住安如玉的头发，下边连连猛踹。

安如玉挣扎着、哀求着，突然张口结舌的，痴傻了一样。她身下的榻榻米上，洇出了血水。

安如玉用手摸摸血迹，她不愿接受，又不能不接受一个无比残酷的现实：胎儿保不住了。

安如玉猛地抬头，满眼怒火燃烧，咬牙切齿诅咒开来：

"日本鬼子！畜生！活牲口！小日本，你们就不是人生父母养的呀！"

刚才，毛荞子被岛田扇了一通耳光，摸着火疼的腮帮子退出中队部，待要回到前院，就听见起居间岛田暴怒动手的声响。

毛荞子挪步不得，回头看着窗户上映出的岛田疯狂踢打的影像，痛心疾首攥拳跺脚的，想冲进去救人又不敢。

翻译官听着动静不兆，走到中队部门前来；毛荞子就给翻译官作揖，如同摇辘轳似的，低声求告他出头救人。

翻译官无奈地摇摇头，摊开双臂表示无可奈何。

起居间里，安如玉倚立在墙角，头发蓬乱，撕光了身上的和服。她挣扎着穿了自己的棉衣，上衣的大襟被撕裂，脚底血水沥沥拉拉。

岛田凶狠了眉眼逼问：

"你说，为我们大日本皇军提供慰安服务，我们皇军的战斗力怎么样？"

安如玉冷笑，轻蔑地伸出一个小拇指：

"日本鬼子，小日本儿！你们是这个！你们是活牲口，连你这号大牲口，你们加起来是这个！"

接着，骄傲地举起大拇指：

"我家男人，国军的连长，他是这个！是这个！你们统统加起来，不够我男人的一小半！不够尺寸的小日本儿！"

岛田疯了一样，冲上去没头没脑地对安如玉拳打脚踢。

安如玉只是嘶哑了嗓子吼叫：

"小日本儿！你还有啥能耐？小日本儿！不够尺寸的小日本儿！有妈生、没爹管，不通人性的小日本儿！"

窗外，毛荞子抓耳挠腮的，不住气儿地给翻译官作揖求告；翻译官再也看不下去眼前的情景，听不下去耳边的声响，上前拍响了窗户喊叫：

"大太君，大太君！"

岛田在房间里怒喝：

"什么人？"

翻译官说道：

"大太君，是我。这个支那女人，明天还要游街示众吗？请大太君及早下令安排。"

终于，岛田不再毒打安如玉，拖着头发将她扔出门外，余怒未消地命令：

"把这个支那婆娘押回牢房。命令侯聚奎，准备明天的行动。让毛莠子明天一早通告全镇支那猪猡：服务于美国人的反日分子安如玉，将在汉王镇游街示众！"

6.

毛莠子扶起安如玉，因失血多了，安如玉腿软得站不住。毛莠子拦腰那么搂抱了，半拖半拽的，勉强舞弄回前院来。

安如玉呜呜号哭，绝望无助，毛莠子也泪眼婆娑。

值岗的伪军揿亮手电，看见安如玉脸色煞白，脚下沥沥拉拉，身后是一道乌黑的血迹，压低声音问：

"这这，这是咋啦？"

"唉，叫大太君打坏、踢坏啦！肚里的娃娃怕是保不住啦！"

伪军急忙开了牢房，两人一起将安如玉搀进去，安顿到炕上。安如玉还是呜呜号哭，毛莠子一个劲儿地劝说：

"这这，你你，不要哭啦，哭多了伤身子。"

两人出了房门来到檐前，低声商量。毛莠子指指自己，摊开两手道：

"我是个光棍，你们弟兄们都是些后生家，这这，这可咋办哩？"

对面房间，警备队侯聚奎的队部亮起了灯光。

身后牢房里，蓦地传出安如玉绝望的嘶喊：

"老天爷！你不长眼呀！我的孩子呀，妈妈对不住你，妈妈没能保住你呀！"

警备队、特务队，对面一溜房间，都亮起了灯光。

大家都明白了：这个女人受尽侮辱折磨，原本是想保住肚子里的娃娃，如今娃娃小产了。

牢房里，惨痛沙哑的号哭和彻底绝望的呜咽，不绝于耳……

整整一夜，大门上的、牢房这儿的值岗伪军，都按点换岗，只有毛莠子没有合眼。他也帮不上什么忙，只是心里不忍。一会儿进去看看，说几句抚慰的话。说是抚慰那伤心欲绝的女人，毛莠子自个也止不住泪水。

天色麻麻发亮，安如玉不再号哭，要毛莠子帮着打了一盆热水来。从破被子开绽处撕出棉花，蘸了水，先把那死婴擦洗干净，用布单包裹好。随后，请毛莠子辛苦换水。换了一盆干净水，自个儿梳头洗脸。

头发梳出当地已婚妇女讲究的发式。前额是刘海披拂，两鬓是垂绺贴腮，后脑绾个昭君髻，俏丽端严。中式大襟棉衣，虽被撕破，扣环扣得严实。棉裤被血水浸透，尽量绞干，下摆用裹腿绑扎得严严实实。梳洗妥当，安如玉将那早产胎儿抱起，紧紧贴在自己胸口，一边抚拍那娃娃，一边念叨什么；只见嘴唇动弹，听不清念叨什么。

大院里，起床哨子吹过，出操哨子吹过，然后吹起开饭哨子，这就到了早饭时分。

毛莠子给端了饭来，将托盘放在窗台上，看看安如玉，说道：

"娃娃没有保住，你遭了罪了，也尽了心了。这娃娃你抱了整整一夜啦，交给我，我去给咱掩埋了吧？"

安如玉眼神直愣，紧紧抱着胎儿往后缩，生怕被人抢走。

毛莠子又说：

"无论如何，你得吃点东西。放下娃娃，你先吃饭。万一不成人类的，真要让你游街，你肚里得有点吃食呀！"

听到"游街"二字，安如玉的眼神好像回到了眼前现实，不再那么痴傻直愣，嘴角冷冷一笑，抱起孩子下地，拎起窗台上托盘里的一个饭碗，倒掉饭食，在窗台沿儿上将空碗摔碎，拿了半块碗碴，来到大院里来。

院子里，正在开饭的伪军，无论站着、蹲着用饭的，目光一齐集注到这个女人身上。

这样一个女人，受了多少苦楚折磨，肚子里的娃娃没有保住，还要让剥光衣服去镇子上游街。伪军们就都吃不下饭了，吃完的、还剩半碗的，纷纷将饭碗蹾在屋檐下。值星排长示意伙房里收走碗筷，看看手里拎着的马蹄表。到了时间，还得听候日本人的命令，押上这个女人上街呀。

众人目光集注下，安如玉来到当院，抱着胎儿，朝唐家山方向跪下。

安如玉抱着孩子，以头叩地，先是一拜。

末了，安如玉旁若无人，向着唐家山方向朗声告白：

"爹！娘！如玉出嫁到唐家，孝敬婆婆如亲娘，没给咱安家丢脸。只是回娘家的次数实在太少，没能在二老跟前好好尽孝呀！"

接着，安如玉以头叩地，第二拜。

"我那苦命的婆婆呀，平日媳妇慢待不周，你老人家就担待了吧！往后，你的日子可咋过呀！"

末了，安如玉以头叩地，虔敬第三拜。

"我说冤家！娃娃他爹！我那顶天立地的男人呀！如玉实在是没办法、没能为、没出息，没有保住你的这一点血脉呀！如玉这就带上娃娃投奔你去啦！如玉叫日本鬼子活牲口欺负了，你不要嫌如玉脏；如玉心里这一辈子，就你一个男人呀！念及如玉万般无奈，你就收留了我和孩子吧！"

三拜已毕，安如玉仰头看看天，隔着包裹亲亲怀里的娃娃，毅然拿起了那块碗碴！

伪军们几乎都猜到这女人要干什么了，几乎每个人都下意识地身子往前一倾，但又统统站住了。有的人瞪大了眼，有的人避开了脸。

这时，里院哨音响起，岛田带领翻译官和几个鬼子走了出来。看见院中的场面，疾步来到安如玉身边。

安如玉手中碗碴，电光石火划过脖颈。

颈血喷射，一道红光快如疾箭。

颈血喷溅了岛田满脸满身！

安如玉抱着孩子，仰面倒下。

双眼不闭，直视天穹。

一个、几个，随后几十个伪军，都无声地摘下制帽。

CHAPTER 07
第七章

1.

汉王镇上的住户和商家，听说日本人要把安如玉脱光游街，无不咬牙切齿诅咒臭骂。住户们都管住孩子们，不许上街；商家们商量罢市，不做生意顶多不赚钱，不能啥也随了日本人的心。结果，游街的事没有发生。

见了值勤巡逻的伪军也问，见了毛莠子更是详细打听。

毛莠子说，那天早上警备队差点乱了营，指桑骂槐的、摔盆打碗的，都有。日本人在炮楼顶子上架起了机枪，侯聚奎训了弟兄们一顿。侯聚奎派了几个弟兄，帮着毛莠子掩埋的安如玉。毛莠子上街，这是来采买香纸供品。

南沙梁乱葬岗这儿，坟包凌乱。日本鬼子历年屠杀的中国人，多数连个姓名都没留下，只有毛莠子依稀能记起他们的年岁长相。新近遇害的这四位，毛莠子开挖的墓穴都挨着。坟场里，寒风凛冽，枯草摇曳，唯有这四座坟包都是入冬堆垒起来的，寸草不生。

毛莠子先在安如玉的坟前摆了供品，点燃香纸，祭祀一回，然后给夏樱桃、唐小顺和保罗的坟头前也摆供点香，分头祭祀过。供品吃食，又在周边坟包抛撒泼散，也算请那些孤魂野鬼享用了。

唉，人死如灯灭，死者还能知道什么呢？祭奠一番，活着的人尽一份心罢了。

毛莠子受了唐汉宸的嘱托，虔诚祭祀过，在这四座新坟前，还出声祷念了几句：

"唉，你们几个都死得冤呀！哪年哪月才能正经入土，埋到自家祖坟里啊？咱们中国人多会儿才能打跑日本人呀？"

2.

临近年关，唐家山和沟里几个庄子上还有庄户人零星到镇子集市上采买年货的，安如玉的死讯很快传回村子里。

人们痛骂一回日本鬼子的残暴不仁，叹惋一回安如玉的决绝贞烈。

唐四爷在街面上说，像夏樱桃、安如玉这样的女子，要在过去老年间，那是该着立牌坊的。官家刊刻的县志上、表彰贞妇烈女的篇章上，要书写一笔。兵荒马乱的，日本鬼子还占着咱中国地面，这事如今说不起了。

唐汉宸多读诗书，看得透彻。官家的史书县志，能有几行留给老百姓？村里的事，村人念叨念叨罢了。硬要论断一个高低，老百姓的口碑倒是更为永久些哪！眼下，连死者入土为安都难以办到，其他的，果然说不起。况且，还有紧急要处置安排的事情。

一件，安如玉那么死去，何家的光景可就彻底绝望了。对风烛残年的何家老太太该怎么抚慰安顿？连日让老伴儿过去照料，开解慰问。

一件，四个人都遇难了，岛田就能歇心了吗？临近年关，还得督促李开方那儿，无论如何不可放松警惕。派岗值勤，不能松懈。万一稍有疏忽，鬼子杀进村来，可就是包天大祸。民兵们辛苦劳累，村人应该给些补贴。大家多少出点钱粮，唐家把大头扛起来。说来是全村负担了，面子上都好看。

安排着手头的事，明面儿上不显什么，唐汉宸心里始终有些不安。一夜一夜睡不稳，老伴儿小心来问，唐汉宸也不说什么。

其实，唐汉宸心里无法全然放下。对了，该是"放下"这样一个字眼。一个想法、一个念头，纠缠如毒蛇，执着如恶魔，纠结于心，挥之不去。

——日本鬼子占尽优势，有枪有刀；枪是三八枪，刀称东洋刀。杀生害命浑闲事，杀人赛如割草。唐汉宸号称当地"一杆旗"，承蒙村人看重，自家也觉得责无旁贷，形势所迫，事情明摆着，不得不出面和鬼子周旋。是啊，只能叫作周旋，无法说成是对抗。赤手空拳，怎么和鬼子对抗？唐汉宸出面，和鬼子头目岛田费尽心机竭力周旋。在和岛田的这场周旋中，令唐汉宸无法放下、不能释怀的是：

自己是不是每一步都走对了？

四条人命，活生生的四条人命，都被鬼子残害了。

四条人命啊！如果一切都能从头来过，我唐汉宸到底有没有机会、有没有可能挽救这四条人命？

唐汉宸独自去过小河湾教堂一回，将心里的纠结，和卫德迈讲说了一番。卫德迈也只是虔诚祈祷，愿那四个高贵的灵魂安息，往生天国。

唐汉宸担心卫德迈的安全，卫德迈固然是视死如归，但也有防备鬼子袭击的招数。他手里有个高倍望远镜，莫说近处路上情形，便是鬼子炮楼顶上一举一动，无不历历在目。

唐汉宸便和卫德迈约定：倘若发现岛田派兵袭击唐家山，请卫先生能向村人敲钟警示。钟声三长两短，便是信号。

值岗放哨看守地雷的民兵，见唐汉宸出了山沟，回村偶然说起，吕三太就大嚷大叫起来。怀疑唐汉宸是不是上了汉王镇炮台，和鬼子有什么勾搭鬼弊。吕三太嚷到李开方的小院来，李开方不许毫无根据胡乱怀疑。吕三太不听，说话间连李开方也捎带上了：

"他谁都不和谁说一声，偷偷摸摸出村干什么？出村采买，他家有孝顺奴才唐二忠！想着花样的要奉送鬼子三百大洋、三十担粮食，没有送出去！几个人都被鬼子杀了，他是怕下一个轮到他！李开方你是穷汉一个，怎么总是替地主老财说话？"

正吵吵中间，唐二忠来了，告诉了李开方东家和卫德迈敲钟报警的约定。唐二忠强调说：

"钟声三长两短，就是紧急信号。我都绕村子告诉户家们了。东家还说，千万不敢都依赖这个，值岗放哨不可松懈。这就到年关跟前了，家家都忙，东家和我算两个人头，请队长你给派班。"

唐二忠离去，李开方斜睨了吕三太两眼。

吕三太照样有话说：

"卫德迈的千里眼甚也能看见，我才不信！他要能看见，那四个人也抓不到炮台上去！贼走了才关门，纯粹是马后炮！"

村人担惊受怕的，过年也过不到心上。出了人命的几家，恓恓惶惶的，连春联都没贴。

好在鬼子没有进沟来，小河湾教堂的祈祷钟声一如往日，没有敲响过紧急信号。

唐汉宸令唐二忠上汉王镇打探消息。得知县城和各个集镇炮台的鬼子都在抽调兵力进山，说是捕捉到了八路军的主力动向。留守城镇的鬼子兵力大减，一时不会出动生事。准确的消息是：汉王镇炮台上，独眼鬼子龟尾和七八个日本士兵也被抽调走了。岛田跟前，剩下也就十来个日军。

3.

鬼子出动兵力进山，看来是真的。过罢破五不到元宵，边区政府下达了紧急征发民夫粮草的命令。

紧急征发，刻不容缓。民兵连夜筛锣呐喊，无论贫家富户，都有征集粮草任务数额不等。派定民夫，两丁抽一、三丁抽二。

尚在冬闲时令，不到春耕大忙，民夫好说，连夜筹措粮草就不那么顺利。唐汉宸家大业大,深明大义,知道是咱的部队打鬼子急需。主动表态,各家自然要多少分摊一些,大头还是唐家扛起。各家分摊的部分,谁某人实在一时拿不出,挂在账上罢了。

忙乱了一夜,民夫派定,粮草也都如数征集齐备。早饭过后,唐家山村街上,民夫骡马准备出发。

骡马都驮了粮食口袋。民夫们有的背着粮食口袋,有的扛着担架,队伍迤逦排列了半条村街。

唐家大门上,两匹骡马驮了口袋,唐汉宸和唐二忠绑扎鞍架停当,将缰绳交给李开方、吕三太。

唐二忠心疼东家的粮食,唐家一户实际上出了多半个村子的粮草,嘴里不免牢骚嘟囔:

"给咱八路军交公粮,谁能说不应该?交罢公粮,临时又来征集。嘿,汉王镇这一头,还得给日本人缴地亩税。一棵树要剥几层皮,老百姓还过不过光景啦?"

唐汉宸出言制止:

"二忠,少说两句吧。处在交错区,哪个村子不是两头缴税。"

唐二忠说:

"这叫'逮住肥猪连夜杀'。每回额外征集钱粮,都是东家你这儿大出血!"

吕三太穷汉光棍一条,家里粮食快要吃完,哪里还能征集出一粒粮食?尖酸话语却是一筐两笸箩:

"唐二忠,紧急征发,军令如山,就数你怪话连篇!八路军不打好人，我看是欠着我们民兵队开你的斗争会！"

唐二忠冷笑道：

"扛上个铁锈大刀，你算哪门子八路军？好，我看你怎么开我的斗争会！"

李开方连忙劝导：

"二忠，上级来人说，这回鬼子扫荡咱们根据地，中了咱的埋伏啦。咱们八路军正规军，还有国军，协同作战，有两万多人，包围了一千多鬼子。小鬼子这回是插翅难逃啦！汉宸叔一贯支持抗战，在咱们边区根据地名头响亮。积极多拿粮草，这是进步事儿，咱们应该捡着进步话来说嘛！"

唐汉宸便笑着夸奖：

"开方这二年有了历练，说话做事越发入情入理了。——支援前线，刻不容缓，你们赶紧着出动吧！"

李开方看看这一支出发队伍道：

"我们这就走了。民兵精壮都不在，村里的事，戒备鬼子什么的，汉宸叔你多操心。"

吕三太朝前头大声喊叫：

"打开牲口，支援前线的队伍出发啦！"

骡马踢踏，马掌敲响石板路。

村街两厢，老汉、女人们为支前队伍送行，嘱咐丈夫的、关心儿子的、呼兄唤弟的，满耳朵嘈杂。只有小孩子不懂事，撒欢叫跳的看热闹。

送粮队伍迤逦出村，往沟里去，拉拉连连的踏上进山小路。

唐汉宸和唐二忠捎带要上地里看看今春的墒情，一直目送队伍翻过山梁。

山路边，一道梯田塄埂下，何家老太太如同一截枯树桩，盘腿坐地，焚香烧纸，正在遥祭。

顺着干河槽的寒风，吹来老人如泣如诉的悲哭。

唐二忠说：

"得了媳妇的死讯，这是烧纸遥祭哩。"

唐汉宸道：

"唉，家破人亡，这户人家香烟断绝啦！老太太一肚子的苦水，还能给谁倾吐啊？"

乡间的祭祀哭灵，有如悲声吟唱：

我那顶门立户的小子呀，

你扔下老妈我不管了呀；

我那贤良孝顺的媳妇呀，

谁和我老婆子做伴来呀；

老天爷呀，天老爷呀，

你睁眼看看这苦命人呀；

……

唐汉宸立在道边听了一刻，强忍老泪，再也不忍卒听，背过身去擦眼，指派唐二忠：

"二忠，顺河风刀子似的，你去劝劝老人，把老太太搀回家吧！"

何家老太太那儿哀哭不止，悲声随了焚香烧纸的烟雾，升腾在空中，又飘散开去。

4.

唐家山的支前队伍赶到前线的时候，我军对鬼子的那场歼灭战还没有开打。八路军主力和国军正在部署兵力，佯进佯退，要将鬼子引入我方预定的包围圈。吕梁大山里，山岭起伏，黄土沟壑纵横，我军大得地利之便。支前队伍随着部队的后勤部门在大山里来回转悠，我军的包围圈到底设在哪里，谁也不清楚。

直到一天的半上午，远远听见大炮的爆炸声，部队上的人才说，这是正经打起来了。炮声隆隆，拉磨忽雷似的，分不出点儿，脚下地皮子颤动，骡马牲口一惊一乍。

国军和八路军配合作战，在预设的口袋阵底部位置，调来十几门山炮。山炮阵地，设在一处山鞍，当一千多鬼子进入口袋，山炮按照预设的射击诸元，朝山沟里猛轰。

弹着点密集，山沟里硝烟弥漫。

鬼子中了我军的诱敌之计。八路军梯次抵抗，节节后退，鬼子也确实捕捉到了我军的主力动向。只要快速闯过这道山沟，越过山鞍，定然能够追上八路军的主力。

大队日军进入山沟,遭到国军炮兵突然轰击,而且炮火意外猛烈。日军无法前进,紧急下令改变突进路线,从侧翼进入另一道山沟。而我八路军主力,从前面折回,正是在这道山沟两厢伏下了重兵。

在山沟最为狭窄的地段,日军遭到八路军居高临下伏击,轻重机枪步枪手榴弹,冰雹似的倾泻而下。

遭此突然袭击,鬼子死伤惨重,但训练有素的日军,阵脚不乱;轻重机枪即刻就地还击,军士们交互掩护,有序撤退。

独眼鬼子龟尾极为勇悍,一边端着机枪射击,一边冲三木呐喊:

"三木君,我断后,你带队后撤!"

三木带队冲出火力圈,即刻伏地组织火力还击,接应龟尾等人交替后撤。龟尾倒退着打完一个弹夹,在换弹夹的时候,胸部中弹,挣扎着还在射击,终于踉跄栽倒,扑向地面。

三木大喊了一声"龟尾君",奋不顾身冲进火力圈。在机枪排子枪的掩护下,三木冒死背出了龟尾的尸体。

当三木背着龟尾就要逃出弹雨跳进一道壕沟之际,三木头部中弹,连同背上的龟尾双双栽进沟壑。

按照日军的作战条例,凡在战场上认定死亡的军人,无论军官士兵,不仅要一律收尸,而且要火化。火化之后的骨灰,装入贴有名号的骨灰盒,将运回日本,郑重交给阵亡者的亲属。即或战事紧张,无法将尸体全部火化者,至少也要砍下一只手臂乃至一根手指,烧成骨灰。

所以,当这支日军遭到伏击阵亡累累的时节,日军卫生兵同时开始对尸体进行火化处理。

主战场侧后一处黄土沟壑间的空地上，炮弹在远处不时炸响，近处有密集枪声，日军卫生兵在紧张有序地处置尸体。

靠拢沟壑边缘的土壁断崖处，卫生兵都戴着防化口罩，将尸体排列开来浇上柴油，点火焚烧。

他们身后，有人将刚刚装好的骨灰盒归拢来，一一标注姓名。

负责联络的通信兵在近处山梁上打着旗语，卫生兵军官厉声催促：

"加快速度！再加快！"

有的尸体来不及全部烧毁，只能撕下死者领章，然后割下一只手掌火化。卫生兵口中向死者连连致歉：

"龟尾君，对不起啦！三木君，对不起啦！"

被割去手掌、手指而无法全部焚烧的日军尸体，就近挖坑掩埋。

枪声愈加激烈，逼近焚化场。

日军卫生兵们分头负载若干骨灰盒，匆忙撤退。

5.

过罢元宵是添仓节，添仓节过后是二月二。二月二，龙抬头，说话间就到开春了。

祖祖辈辈的庄户主儿就那样，再有天大的变故，也得种地。"虽无纪历志，四时自成岁。"春种秋收，那就是他们的天职。

刚刚开春，唐家山的川地、梯田里，庄户人开始往地头送粪，平整耕地。

要防备鬼子进沟，民兵精壮都支前去了，连着多少夜，唐汉宸自己都得排班值岗。白天，唐汉宸和唐二忠一道打整塄埂，做点地头营生，盼着骡马牲口早点回来，别误了开春下种。

听说左近村子已经有支前的民工回来，唐汉宸琢磨着这一仗该是打完了。

这天后半晌，唐汉宸和唐二忠打整通往后山道边的一处地块，远远看见民夫牲畜从沟里的坡道上下来了。

唐二忠手搭凉棚朝西看，认出自家的牲口来：

"眼瞻就要开春下种，我说支前的民夫牲畜该回来了嘛！那不是咱的骡子？"

两人离开地块，到山道上去迎候。牲口民夫，去时重载，归来空身，又是下坡，说话间就打了照面。

李开方和吕三太牵着唐家骡马，大家自是热情打招呼。唐汉宸道：

"都回来啦？大家伙儿支前辛苦啦！"

李开方和吕三太把缰绳递给唐二忠，唐二忠忙就查验骡马的背脊、脖颈，看伤着累着没有。李开方肩上斜挂着长管子猎枪，兴奋地介绍：

"汉宸叔，我们这回可算见了大阵仗！八路军和国军配合，消灭了几百号鬼子！"

这儿说话拉呱中间，唐二忠看见沟里山鞍的岔道那儿，有两人老乡打扮，赶着一匹骡子走上岔道，看样子是往山下平川方向。

唐二忠就问：

"开方，你们这回支前的民夫里，还有川地里的人吗？"

李开方回答：

"应该是没有吧？山底川地，是鬼子占领区，不属于咱的边区呀！"

唐汉宸眼神尚好，当下发问：

"那两人是哪个村的？看着不对劲儿啊。"

吕三太就说：

"都是个支前的，有啥不对劲儿的？"

"支前回来，牲口都是空载，哪有重载的？"唐汉宸心中疑虑，接着冲唐二忠道，"二忠，你吼喊一声，看是哪个村的。"

唐二忠就朝岔道那里吼叫：

"喂！你们是哪个村的？牲口驮的是什么？"

那两人听到了，朝这头看了一眼，也不回答，反倒连连挥鞭驱赶牲口。

唐汉宸立即招呼唐二忠：

"二忠，咱们撵上去，截住看看！"

两人从斜刺里向那岔道横截过去。

吕三太冷笑一声：

"哼，民兵队不在村里，看把他积极的，警惕性多么高似的！"

李开方说了声：

"小心没大错，看看去！"

随后也追了上去。

上了岔道，看得前头两人一骑就要拐过山嘴。唐汉宸气喘吁吁的，低头审看地面，沙土路面上满是清晰的军靴脚印！唐汉宸便大喊：

"二忠小心，是日本人！"

唐二忠略一迟疑，李开方举起火枪，冲目标就开了火。

等火枪的烟雾散去，山嘴那里不见了人影儿。李开方和唐二忠追过去，只见那两人和一匹骡子一道烟跑远了。一个人，像是中了枪，骑在骡子上抱着鞍架；另一个，在旁边狂跑。

李开方攥紧枪管，枪托子连连捣着地面，痛恨手头的家伙不争气。唐汉宸也跟上来了，和唐二忠同时发现：那骡子驮载的东西被甩在了山道一边的草棵里。

吕三太和二毛蛋一干民兵后生也追了上来，围拢过去看。那些东西，是几十个盒子，分作两部分捆扎，刚刚是搭在骡子鞍架上的。

吕三太大呼小叫：

"哈哈，我们这是缴获了战利品啦！这个玩意儿我知道，这是日本鬼子吃的罐头！——你们没上过战场的，那是不认识！"

说着，开了其中一盒，伸嘴头子就啃。结果，先扑了一脸白粉，东西好吃不好吃，也看不出表情，嘴里连连咂吧味道，却呸呸连声唾起来。

——原来，这几十个盒子装的正是鬼子阵亡者的骨灰。

中国人千万年黄土里来、黄土里去，多数人特别是庄户人，哪里听说过什么火葬和骨灰。唐汉宸通文识字，看过那些盒子上书写的名号，这才半猜半蒙地说道：

"恐怕不是罐头吧？这些盒子上写的都是日本人的名字，按我听说的，这是死人烧成的骨灰！"

听说是死人烧成的骨灰，吕三太到一边就干哕的一声呕吐开了。

二毛蛋一边笑，一边帮他捶背，吕三太直吐得快要翻了白眼。

6.

支前队伍回村，本来就是大事，再加上顺手牵羊打下来鬼子的几十个骨灰盒，唐家山阖村的舆情一时热闹非凡。老百姓嘛，说什么的都有。半截后生、淘气娃娃还有跑来看稀罕的，都被轰了开去。

打下来这么些骨灰，而且是鬼子的骨灰，怎么处置？便是在当场，人多嘴杂，也吵得不亦乐乎。有说不吉利的，这东西干脆就扔到山里得了；有说弄得远远，埋到荒坡野岭，免得唐家山闹鬼。吕三太闹了吃"罐头"的笑话，又气又恨，言辞最激烈，说是倒在茅坑里也不解气。

唐汉宸和李开方商量了一回，李开方拿不出个决断，末了还是请唐汉宸拿主意。

唐汉宸说，这东西是不吉利，按乡俗自然绝对不能进村。但随便抛撒掉，风吹雨淋的，也不合适。还是找一处远离耕地的土崖，挖个土窑掩埋起来。至于这骨灰，看来是日本军队处置尸体的习惯，要不然那些死者如何能运回他们日本？牵扯到尸骨尸体的，好比古来两国交兵，大仗过后必有死亡，就近村落老百姓掩埋尸体，也算行善积德。按古礼，又是动土又是落葬的，还该点几炷香、烧两封纸。对日本鬼子嘛，不说祭祀，也算"发送"。给村人百姓解解疑心，野鬼孤魂的不会作祟。

这么说定了，就这么办。

唐汉宸回家去取香纸，大家把骨灰盒抬到一处土崖下，唐二忠依从东家吩咐，用镢头开挖土窑。

　　唐汉宸说是那么说，众人费劲马趴地将鬼子的骨灰抬下来，还要入土安葬，心里都有火气。

　　吕三太踢散两个骨灰盒，骂出口来：

　　"他娘的，真是不吉利！老子还以为是罐头，能美美地吃两顿，闹半天是鬼子的骨灰！"

　　二毛蛋看看李开方，说：

　　"汉宸大爷不让咱们挦动这些骨灰，你这是何苦呢？"

　　唐二忠使镢头在土崖上刨洞，回头说了一句：

　　"本事越大啦，学会欺负死人骨槺啦！"

　　吕三太又把骨灰盒狠狠踢远开去：

　　"日本鬼子禽兽不如！我还是那话，这些骨灰，倒到茅坑我也不解气！"

　　唐汉宸从村里返回来，看看眼前摊场，没有吭声，先将香纸放在地头，随后俯身去将撒落的骨灰捧入骨灰盒，一边像是自言自语：

　　"刚刚我是一路走一路想来着，日本鬼子谁人不恨？可是这些日本兵已然被打死了，人死如灯灭，杀人不过头点地。年轻人呀，我老汉说的你们也许听来不入耳：咱中华自古以来是仁义之邦，兴个报仇雪恨，不兴糟害对手的尸体。"

　　吕三太抱着膀子看唐汉宸拾掇那些骨灰面子，反驳道：

　　"仁义之邦？你仁义，鬼子畜生禽兽，他可不仁义！他们跑来咱们中国，净是杀人放火、欺负女人们呀！——开方，你说是不是？"

　　李开方动动嘴唇，没有吭声。

唐汉宸正色说道：

"鬼子是畜生禽兽，咱们中国人能反过来变成禽兽畜生吗？中国人打仗一时输了，能连这个也输出去吗？"

李开方还是没有应声。这边，众人动手将骨灰盒堆入土洞，然后封堵严实。李开方到底也抄起工具，跟着培了两锹土。

封堵了土窑，唐汉宸焚香三炷，弯腰插在土窑前，随后焚烧素纸一封，嘴里念念有词：

"漂洋过海，犯我中国；生前作恶，死不足惜。落得一命归阴，抛尸异域，何苦来哉！怜其尸骨暴露，掩埋入土。尔等若是果有魂灵，宜于感戴我华人道义，不得侵扰乡民！"

念叨过后，唐汉宸回身冲唐二忠道：

"二忠，回村告知村民，无论男女百姓、娃娃幼童，不许糟害便溺损毁！"

吕三太在一边嘟囔：

"鬼子的骨灰，掩埋烧纸，这么敬奉，我看有人快成了日本鬼子的孝子啦！"

唐汉宸当下黑封了脸面。

7.

遗失了几十个战死皇军的骨灰盒，这消息惊动了日军驻晋部队最高司令部，责成部署于晋绥地带的日军火速追寻下落，不惜任何代价找回。两名丢弃骨灰的卫生兵,严惩不贷。念其寡不敌众,伤残自救,能够带回消息,革去军阶,降为最低列兵,即刻戴罪派往最前线。

根据两个卫生兵的叙述,骨灰遗落在汉王镇管辖的唐家山一带,具体追回骨灰的任务落在岛田的肩上。

岛田不敢怠慢,当即限时令特务队打探落实。到时没有确实消息,疤瘌五必须手举白旗亲自到唐家山打探。疤瘌五哪里敢上唐家山?连忙到镇子大街上来想办法。或者有唐家山庄户主儿前来赶集,看能否问出底细;再不成,求告货郎小贩进唐家山沟里去一趟,特务队出工钱。

亲戚走动,商贩往来,那消息在汉王镇早已不是什么秘密。铺面商家已经在议论:日本人杀了唐家山好几个人,那骨灰能不能讨要出来,怕是两说。

疤瘌五得了确信,详细报告了岛田。甚至那天事发当场的情形,包括骨灰如何得以暂时掩藏落葬,知无不言。

岛田沉吟良久,决定派出朴翻译官代表日方,上唐家山拜会唐汉宸,以谈判索还骨灰事宜。具体通告引见,叫毛荞子负责。岛田还亲自赏了毛荞子几块银圆。

毛荞子进唐家山跑了一趟,还是先拜见的唐汉宸。唐汉宸觉得兹事体大,依然没有单独接见,叫来李开方一并参与。毛荞子告说了岛田所言种种。

唐家老夫人在伙房招呼毛荞子用饭,唐汉宸和李开方商量一回。岛田要派翻译官进村来说事,两人最终一致同意见面。两国交兵,也有个使臣往来。至于岛田派人会说些什么,听了才知道。估计是要千方百计讨回骨灰。咱们给他还是不给他，那更得村人都得发表意见，随后得好生议论。

结果，村人也都知道了，日本鬼子的翻译官要来唐家山。这一天，唐家大门口，早早聚集了许多人来围观。

村口上，先是有民兵派了二毛蛋等人值岗。问清来人身份，这才允许进村。二毛蛋还特别背上了那杆长管子猎枪，顶头上用红布条塞了枪口。毛莠子领着翻译官进了村，二毛蛋后边押解俘虏似的跟着。

村街上男男女女的不少，只见毛莠子一只手举着一面小白旗，另一只胳膊上挎着礼盒。那翻译官没敢穿军装，穿了一身汉服，一边走，一边向街面两侧的村人作揖行礼。男人们都木着脸，不言不语。女人们自是交头接耳窃窃私语：

"听说是给日本人翻辩咱们的话语的！是个'翻语官'！"

"俺们听说不是日本人，是哪哪一国的外国人！"

"呀咦?！看那穿扮走手、抬手动足的，和咱们一样样的！"

更有的眼尖，把毛莠子礼盒里的东西瞅了个清楚。糖果蜜饯、铁盒方糖，莫说吃过，便是那精美包装，村里人一辈子见都没见过。

走过村街，毛莠子和翻译官来到唐家大院门口。唐二忠干净衣装，在大门上迎接。毛莠子介绍了来客，唐二忠作势延客：

"翻译官，院里请！"

唐家二门上，李开方一本正经候客到来：

"上院请！"

唐家上房门口，唐汉宸恭立揖礼；

"朴翻译官，屋里请！"

唐家大院门口，有女人和孩子们探头探脑的，唐四爷夯开胳膊拦住不许涌进来，一边就劝解：

"不管日本人、美国人，登门拜访就是客人。你们走远点儿吧。不要山里人不见大，探头探脑的现眼啦！"

吕三太偏生不听，只是看见唐二忠门神似的，没有硬性往里闯，但嘴上从来不服软，怒气冲冲地说：

"我吕三太就是不走！日本鬼子派人来提条件，这场合凭什么不叫全村老百姓参加？要叫我说，先把狗日的翻译官绑在桩子上练了刺杀！"

唐二忠比他火气还冲：

"真是天长眼，唐家山没让你这号人物主了事！你敢动那翻译官一指头试试！"

毛莠子没资格参加会商，从大门里走出来，吕三太上前一把薅住毛莠子的脖领子，厉声质问：

"毛莠子，你给老子老实交代，日本鬼子开出什么条件？"

毛莠子苦了脸道：

"好我的三太民兵大爷哩，这我哪能知道？我和你一样，打杂跑龙套，咱们都上不了正经台面呀！"

"你说谁上不了台面？好你个毛莠子草！"

吕三太作势要打毛莠子，毛莠子抱头鼠窜。

唐四爷拿烟锅子指点：

"不要龟吵鳖闹的乱道啦，听听上房里说了点啥正经的吧！"

唐家客厅。

翻译官坐在客座,唐汉宸和李开方依次坐在主位。

翻译官浅浅坐了半个屁股,首先起身鞠躬致谢:

"岛田大太君再三让我致意,皇军阵亡将士的骨灰,贵方不曾损毁,大太君非常感动!鄙人代表大太君再次深深感谢!"

翻译官深深鞠躬下去,李开方直率坦言:

"你不用磕头虫儿似的一再鞠躬啦。岛田杀人不眨眼,这些虚礼客套就免了吧!"

翻译官还是浅浅坐了,言语温婉:

"唐老先生、李队长,大太君讲,皇军将士为国捐躯,骨灰都要妥善运回日本,交代给家人。这点习俗讲究,还请贵方多多体谅!"

李开方说话带了怒气:

"哼!鬼子杀人放火,罪有应得,原来叫'为国捐躯'!日本鬼子什么时候体谅过我们中国人的习俗讲究?"

翻译官代人受过,多少有些尴尬:

"唐老先生、李队长,岛田大太君开出的条件,还请贵方郑重考虑!成与不成,在下也好回去复命。"

李开方声色俱厉:

"这是些死人的骨灰,岛田鬼子尚且这么看重。我们活生生的人,活生生的人哪!人命、人家、人心,鬼子他郑重考虑过吗?畜生,禽兽!"

连连吃瘪,翻译官愁眉苦眼,求告似的冲唐汉宸发话:

"唐老先生，你看这个……"

唐汉宸正色言道：

"朴翻译官，你是个传话的。我们李队长讲话不客气，原也是冲日本人去的。日本人怎么欺负你们朝鲜人，不用我多言；欺负了人，还想听到什么好话？李队长刚刚的话，好话也罢，歹话也罢，你回去要如实翻给岛田。"

翻译官连连点头：

"那是，那是。不知大太君主动提出拿机枪交换骨灰的事，二位如何考虑？"

唐汉宸看看李开方道：

"这个条件，我方考虑不考虑，我唐汉宸一人做不了主。当我们和岛田正式会谈的时候，我方会有一个确切的答复。就我个人的主张嘛，哈，不会要日本人的什么机枪！"

李开方脸上微现不解，此言尤为大出翻译官的意料。唐汉宸端然安坐，气度俨然道：

"中日交战，此消彼长。日方算定了会速胜，事实证明已经破产；中方不会像朝鲜似的亡国，屡败屡战，坚忍超常。至于最终胜负，自有运数，不在于一挺两挺机关枪。以为我方一定会拿日方的骨灰漫天要价，这是岛田以小人之心度君子之腹。岛田拿出一挺机枪，我方如若接受，他的心里好像就不亏欠中国人了似的。我们不给他这个机会！日本鬼子欠下中国人的，永辈子无法偿还！"

李开方是唐家山民兵队队长，年轻人里少有的明白人，对唐汉宸的胸襟眼界，当下有几分心服。

话说到这个份儿上，翻译官不再纠缠，转问下面题目：

"敢问唐老先生、李队长，如果不要机关枪，能否明言贵方归还骨灰的交换条件？"

唐汉宸即刻答道：

"这一款，我和李队长有个初步想法。我们有四个人都被日本人杀害了，我和李队长是两名死者的家人事主。岛田一直不许我方收尸，说来也是过分残忍。日本鬼子嘛，屠杀平民，拿死者遗体要挟，其心术近乎非人类。在归还日方骨灰的同时，我方要求迎回死者遗体。到正式会谈时节，我方交换条件还有什么变化，包括如何进行交换的细节安排，我们会对岛田直言。"

翻译官小心询问：

"那正式会谈的时间、地点，请唐老先生明示。"

唐汉宸爽利回复：

"时间在三天之后。地点嘛，日方骨灰在我们手里，没有我方赶趁着上汉王镇炮台的道理。至于日方，莫说不带武装来唐家山，岛田他敢赤手空拳到汉王镇街市上走走吗？还大言不惭讲什么'东亚共荣，王道乐土'。让岛田来我们唐家山，倒像我方刁难他了。这么着，公平对等，会谈地点就定在小河湾教堂！"

翻译官站起身，准备告辞：

"鄙人这就回炮台复命，大太君一再致意，诚心奉上的这点薄礼……"

李开方截住话头：

"日本鬼子的东西,统统拿走!"

唐汉宸向门外喊:

"二忠,送客!"

CHAPTER 第八章 08

1.

唐汉宸送客,送到堂屋门口;李开方送客,送到大门外;唐二忠接着送客,送到村口。

朴翻译官连连回身揖礼告辞。

李开方还安排二毛蛋,将来人一直送到唐家山的沟口,以保障日方来使人身安全。

翻译官回程途中,感慨多多,和毛莠子扯谈些中朝两国古来交往、礼仪传承。

送罢翻译官,唐家门上众人渐渐散去。唐四爷、吕三太等心里格外关注村上大事的人,先是围住李开方询问。得知还没有谈下一个长短,只是三天后要和岛田在小河湾教堂正式谈判。众人七嘴八舌说了些意见,李开方听在耳朵里,当下没有表态,说要和唐汉宸细细商量。商量的结果，自然会告诉村人。

唐四爷又续上一锅子旱烟，吧嗒吧嗒抽着。见唐四爷不走，吕三太也不走。二毛蛋送客人归来，告诉了李开方之后，要回家吃饭，吕三太把二毛蛋给拽住了，说非要等个结果出来。唐家老夫人在厨下做饭，让唐二忠招呼大家到院里来，坐了条凳吃烟喝水，安顿下就在这儿用饭。唐家老夫人说：

"人人都操心，想早些儿知道他俩定下个啥，都在我这儿吃晌午饭！我多和上二升面，就都有啦！"

到开饭吃面的时候，先捞起一碗端给唐四爷。随后两碗，让唐二忠托盘端上，送进上房。唐老夫人道：

"二忠，饭时不等人，叫他们连吃带说。有多大的事，不能误下吃饭。吃啥、啥时候吃，这个我说了算！"

接着，给吕三太和二毛蛋捞出面来。二毛蛋自个儿紧走两步，到伙房门口接住饭碗，不好意思地连连抱歉：

"看看这，叫大娘你劳累。"

吕三太立在檐前，等唐家老夫人把饭端到手里，大口吃着面，才说：

"哈哈，老太太，也是两只手给我端饭的，不赖不赖！"

唐家老夫人正色道：

"三太，唐家的门风，甚时候有过看人下菜？讨吃的登门，我也是两只手端饭！都是个人，有几分奈何谁讨吃？"

唐四爷也说：

"无论他日本人、朝鲜人,叫他看看咱的礼数。啥叫知书达理?汉宸,做啥是个啥样儿。后生家,学着点儿吧!"

说着话,吃罢了饭。见李开方终于从上房走出来,众人忙迎了上去。李开方明白大家最关心什么,骨灰给不给鬼子?如果给的话,咱们的条件是什么?于是先就交代刚刚定下的谈判方案要点。

刚说开个头儿,吕三太就起了急,大嚷大叫开来。

唐家老夫人在围裙上擦着湿手,微微皱了皱眉头。唐四爷就说:

"汉宸和开方商议了半天,也都劳累了。在人家这院里,惊天动地的,咱们不能嗓口小点儿说话?门风礼数的,说了半天白说啦?"

唐四爷朝唐家老夫人那儿拱拱手,当先出门。李开方道:

"三太,咱也到门外吧。要嚷,你冲我嚷;想发火,对着我来!"

众人就都走出大门,吕三太还在嘟囔:

"跟上甚人学甚人,跟上巫婆会跳神。这口吻,越来越像唐汉宸。"

2.

众人到了门外,吕三太生怕被谁抢了话头,堵住李开方劈头逼问:

"鬼子岛田都主动提出要拿机枪换骨灰,你和唐汉宸凭啥就拒绝了?有一挺机关枪,咱们唐家山民兵该是啥光景?"

李开方回答道:

"汉宸叔说的那些大道理,我也一时给你解说不清。这么着说吧,如玉嫂子,还有樱桃、小顺子和保罗的尸骨,咱们要不要迎回来?叫咱的人入土为安，总是活人的一份心情。这里头确实也有我的心思：樱桃不能入土，我的心里就过不去。不要机枪，我也得要这个。"

唐四爷在一面评说：

"汉宸遇事，考虑周全。惊蛰过后春分，眼瞻快到清明节啦。咱们的人，赶这个节令迁回来，正式入土，我看比啥都强！"

吕三太又说：

"一把年纪，就记住个入土！就说咱们讲究入土为安，那和岛田着急要回他家的骨灰是一样的吧？鬼子的骨灰在咱手里，凭啥不叫岛田他来咱唐家山？他来了，咱们也布置下一个棒子阵，叫他猪狗似的趴下过来！"

唐二忠立马说道：

"恨不能叫人学猪狗，我看你的主张，和鬼子的花招也没啥两样。"

"你们东家唐汉宸的主张，我看和汉奸没啥两样！就算不叫他来唐家山，依我说，趁鬼子岛田上小河湾教堂谈判，咱们民兵就一举干掉狗日的！——开方，你说我这主意怎么样？"

李开方答道：

"三太，要我说，打仗是打仗，谈判是谈判。这一条，我觉得汉宸叔说得对。到那一天，你可无论如何不敢闹事！咱们中国人，不能叫小鬼子小看了！"

吕三太不干了：

"怕我闹事？你就不怕鬼子闹事啊？拿住鬼子的骨灰，可算是能让你老婆入土为安啦，其他的啥也不管啦！啥也依从鬼子，不是汉奸行为是什么？我这会儿就去毁了鬼子狗日的那骨灰！看你们拿上啥去讨好日本人！"

吕三太作势要走，李开方有些恼火了：

"吕三太，你敢！再要胡来，我立马宣布取消你的民兵资格！"

吕三太更不客气：

"李开方，我看你是中了唐汉宸的毒，连你也软了骨头，成了汉奸脑袋啦！在唐家山和你们说不成道理，我找上级去！让上级领导撤销你的民兵队队长职务，请求区政府枪毙了唐汉宸这老家伙！"

李开方脸都白了：

"找上级汇报，是你的权利。随你的便！"

唐四爷叹息一声：

"唉，良心呀！谁要说汉宸老弟是汉奸，舌头上生疔疮哩！"

吕三太将舌头伸出口腔，连连打着嘟噜：

"汉奸，汉奸！我就说他是汉奸！嘟噜嘟噜！我的舌头要是生不了疔疮哩？"

"唉，家运、村运！你那上级要是看你是个人，也算瞎了眼！"

唐四爷横攥烟袋背着手，走开了。

唐二忠上了场院，李开方也脊背挺挺地离去。

跟前就剩下个二毛蛋。吕三太揪住二毛蛋没完：

"二毛蛋，你说，他们咋从来都不听我的？我吕三太听过首长报告，思想进步，我说的就没一句有道理？"

二毛蛋想了想说：

"三太,你说的也不是都错了,要我在一边看,你就是说话太冲,一说就抬杠。樱桃让鬼子害死,开方他心里不恨鬼子呀?真能干掉岛田,我看他头一个赞成!你得慢慢劝导开方,不能逼着人听你的呀!"

吕三太沉吟片刻,拍着大腿道:

"走!我也来个登门拜访,不信说服不了他李开方!"

3.

唐二忠喂过牲口,在场院里打整木犁,擦抹犁镜。唐汉宸歇了一刻,漫步踅过场院这儿来。唐二忠忙站起:

"东家,有事?"

唐汉宸道:

"一会儿我得上教堂跑一趟。和岛田谈判,地点定在卫先生那儿,得告诉他。再者,谈判的条件,我还得听听他的评断。"

"要备车吗?"

"几里地,用不着。我过来,是想和你说道两句。你听着咱们给岛田开出的条件,行不行?咱们是不是对鬼子过分讲礼仪,给岛田他的'让头儿'太大啦?"

二忠诚实回答:

"四爷刚刚说,东家你遇事,考虑周全。这话我赞成。鬼子处事,仗着机枪大炮的,那才是狼吃羊没商量。咱们总不能成了狼吧?东家做事,有你的礼数章程,我看挺好!"

"唉，战乱、打仗，杀人三千，自损八百。末了看似有个胜败输赢，其实，都有亏损。人心人性的损毁，想来更是叫人痛心！——你怎么不接言啦？"

唐二忠忙说：

"东家你说的，我这粗人听不大懂。反正，日本鬼子死也死了，骨灰交给他们，我看没错。还能迎回咱几个人的骨榇，入土为安，也不能说是让着岛田。"

"把骨灰就这么送还鬼子，三太不说他，我看开方心里的疙瘩也没全解开哩！话已经讲在朴翻译官的当面，我是怕民兵队到时改了主意，咱就不大好'团弄'这事儿啦。"

二忠不以为然：

"不会吧？李开方那后生我看也堂堂正正的，和翻译官定下啥，他都点头同意了的呀！再者，民兵队就算改了主意，正式谈判给日本人提出来不就得啦？"

唐汉宸轻轻摇头道：

"岛田有骨灰在咱手里，见面时节断定他多半不会动武。到那天，我也绝不让鬼子武装进入教堂。可仇人相见，分外眼红。不说别的，鬼子没了武装，一时冲动扑上去活捉岛田，都是有的！我是怕开方动了这样的心思呀！"

唐二忠有些急了：

"那怎么办？谈判的场合，咱们动手，那叫啥来？那叫耍奸使诈，那可就丢人啦！"

"说到打仗用兵,古来有个'兵不厌诈';嘴边还有一句话,鬼子不仁,咱们就能不义。民兵后生家说不定觉得活捉岛田,哪怕是杀了岛田,都是该当的。"

"东家你是怕拦不住民兵们?万一开方到那天真的对岛田动了手,这事儿没法收场?"

"我怕的还不止这个。岛田他是想让我当他的维持会会长,派疤瘌五进村来放放火啦什么的,施加压力逼我就范吧。咱们要是耍奸使诈,真个激恼了鬼子,鬼子真个就打不进唐家山来呀?我是怕万一出下大血案,那是几百口子人命呀!"

"这这,这可怎么办?"

"还有两天,倒也不用慌神。你叫四爷先开导他几句,我呢,明天吧,再和开方拉呱拉呱。"

唐汉宸所料不差,李开方心里的疙瘩哪能轻易解开呢?樱桃让鬼子活活害死,岛田还严令不许收尸;这厢俘获了鬼子的骨灰,却要拱手交出去——这杆秤如何摆得平?

吕三太和二毛蛋来家,不吵不闹,耐心讲说。

先说骨灰的事儿。鬼子的骨灰是民兵打下来的,唐汉宸他凭什么要奉送岛田?

这一款,李开方讲得公正:

"打下骨灰,也有汉宸叔和二忠的份儿,不能说都是民兵的功劳。再者,这里头总归有个道理。该交还鬼子,民兵打下的也得交还;不该交还,唐家大院独自打下来,咱们民兵也不能答应。鬼子死来已然死了，咱们留着那不吉利的玩意儿干什么？况且，能叫樱桃他们几个入土为安，我看没什么不妥当。"

吕三太就又说谈判会面的事儿：

"鬼子个个可恨人人该杀，这不错吧？可咱们民兵一直苦于没有武器，也没有机会。到具体谈判的时候，就和那翻译官来村里时一样，咱们和岛田当朝对面的，这难道不是个最好的机会？有了机会，凭什么要白白放过他？错过这一回，开方呀，哪年哪月咱们才能报仇雪恨呀？"

二毛蛋也说：

"不用队长你出手，三太和我扑上去，活活掐死他王八蛋！队长，岛田是你的仇人对头呀！"

吕三太跟着说：

"不用掐死他，咱们民兵能活捉岛田，那是多大的功劳？几十盒死鬼子的骨灰，再加上一个活鬼子军官，咱们几个人的骨榇还要回不来呀？日本人他得乖乖地送回来，还得外带两挺机关枪！嘿！到那时候，咱唐家山民兵队，在整个边区可就大大地露脸啦！"

李开方就有些动心了，答应好好想想，想透了，会有个准主意。

岛田派出朴翻译官上唐家山，原没想会多么顺利，能有多理想的结果。几番交道打下来，唐汉宸难对付得很，唐家山的民兵更是硬头对手。

毛莠子说对方同意翻译官前去先行接洽，岛田都预设了那朝鲜人被抓住回不来的结果。想不到翻译官受到高规格的礼遇，带着初谈成果安全回来。

唐家山方面提出的条件，更是出乎预料。原想对手不知会开出多么苛刻的条件。一挺机关枪行不行？能不能打动对方？岛田有思想准备，机枪可以再加一挺，外带子弹两箱，甚至再加若干金票银洋，也可以考虑。

想不到初步交涉，唐汉宸和李开方都在场，竟是不要武器弹药，只是要将四具遗体迁走。这样太过普通的交换条件，岛田都怀疑开了：这后面会不会有什么阴谋诡计呢？

龟尾和三木都已为国捐躯，便是还在身边，也不是什么有脑子的货色。上级倒是刚刚给补充来一个班的兵力，多数是国内征发的新兵；一个直草中士，除了军事训练有素，不足以和他讲论其余。

和侯聚奎、疤瘌五商量吗？那两人又会真心出什么好主意？疤瘌五那个混混，只会一味吹捧讨好；侯聚奎有些老谋深算，从来都是为他的一帮所谓弟兄算计。况且，岛田又绝不能真个向他们讨教，那样的话，大日本帝国皇军军官的面子往哪里放？

岛田冥思苦想，中队部的灯光直亮到后半夜。

绞尽脑汁来回思虑，赶在正式谈判前夕，岛田形成了坚定思路。

此番谈判，日方所以被动，是因为皇军的骨灰在唐汉宸手里。所以，骨灰不到手，无论如何不能焦躁，不能动武。而上级严命，军人职责，岛田只能勇往直前。最坏的结果，是在会谈的现场被民兵活捉乃至杀死，岛田就此做好了思想准备，做了行动部署。

谈判前一天，岛田令侯聚奎带领警备队上小河湾教堂，审看谈判场所，彻底搜查整个教堂。谈判前一晚，要特务队在教堂附近设岗放哨，严防任何可疑武装人员进入教堂。正式谈判时节，如果现场出现意外情况，如何应对，岛田也提前交代给了直草：

"届时，不许考虑我的死活，必须当机立断动手开火，务要全歼唐家山民兵，杀死唐汉宸和卫德迈！"

所谓"麻秆打狼两头怕"，正式谈判前夕，唐汉宸也在苦苦思虑谈判时节可能出现的最坏情况。

一者，岛田一直要报复唐家山，苦于不能得手。借谈判之机，鬼子突然动手怎么办？揣摩岛田心理，这一点可能倒是不大，但要防备万一。届时，大家不能同时进入教堂。具体环节，需要把控。唐汉宸有个计较：无非是自己和他岛田，来个形影不离。

再者，一切按正常来论，鬼子不动武，我方更是不能借机发难。中国人要在这上头输给日本人，那就叫彻底失败，满盘皆输。

临到谈判的前一日，唐汉宸开诚布公，又和李开方打开心扉好生聊谈一回：

"鬼子残害了咱们几个人，咱们和鬼子是结下了血仇。好比鬼子侵略咱的国家，咱是打不过也要打！可是既然答应了和鬼子谈判，我的主张是不能使诈，不能失了'信义'二字。开方你的心情，老叔完全理解。小顺子就像我的亲孙子，如玉是我的外甥女，鬼子害了他们，老叔心里不恨鬼子呀？往炮楼子跟前埋地雷，谁能说那干得不好、干得不对？可是要拿日本人的骨灰来做文章，耍奸使诈，我是死活不能赞成。比方说吧，岛田假说让咱们去乱葬岗收尸，结果是要拿机枪扫射杀人，开方你觉得怎么样？"

李开方就说：

"那样缺德八辈儿的事，也只有鬼子干得出来！"

唐汉宸接着道：

"推开一步说，就算借着谈判之机，活捉岛田乃至当场杀死仇人，确实能解了心头之恨，然后呢？你仔细考虑过后果没有？全然不计后果，只图一时快意，你和三太有何区别？那不过是五十步笑一百步罢了。大的态势在那儿，鬼子灭不了中国；小地方的态势也在那儿，鬼子奈何不了咱的边区根据地。可是，激恼了日本人，你以为他们真的打不进唐家山呀？鬼子打进唐家山，你我不怕一死，倘若唐家山发生血案，几百口人命，你李开方担当得起吗？"

李开方登时就额头见汗，心中豁然，当下一心一意，偕同唐汉宸考虑正式谈判诸般细节。

5.

正式谈判当日，作为此次谈判主一方，唐家山一干人众率先进入教堂。

进入教堂的路上，疤癞五和特务队几个汉奸倒是没敢上来搜身，但眼珠滴溜溜地审视，生怕民兵们有什么武器夹带。民兵们也不搭理他，只有二毛蛋挖苦了一句：

"嚯，听说一夜没睡？对你们的日本爹，满孝顺嘛！"

疤瘌五扭头看天，没有答话。

唐汉宸让唐二忠独自提前进了教堂，这时在大门那儿喊：

"东家，我看过了，教堂里没有外人！"

岛田也是生怕中方误会，带队早早到来，但远远站在离教堂几百步的地方，只派翻译官过来接洽。

唐汉宸和民兵们走进教堂大门。小河湾教堂院落，尽管被焚烧过的痕迹依然，但也显出几分复活节前夕的气氛。两名杂役，正在窗台上晾晒刚刚画好的彩蛋。

唐汉宸见过卫德迈，陪着翻译官一道验看了教堂的各处房间，特别仔细检查了会客室。两人送出翻译官来，卫德迈说道：

"翻译官先生，里里外外你都看过了。你可以请岛田放心入场了。我们美国人，还有中国人，说话办事讲信誉，不会对岛田耍什么阴谋。"

唐汉宸笑笑说：

"卫先生，岛田自称是占领者，你看他这个心虚样儿。"

卫德迈也笑着说：

"中国有句成语'做贼心虚'，此时此地，用来形容岛田，倒也确切。"

"中国还有句成语是'盗憎主人'，卫先生可听说过？"

"'盗憎主人'？强盗反过来憎恨主人？在下确实是第一次听说。真精彩，真漂亮！我又长知识啦！"

两人说笑着走回教堂。

翻译官此时从院外迎着岛田，来到大门口。岛田一身戎装，身边七八个士兵荷枪实弹。

二毛蛋和另一个民兵，两人把在大门上。二毛蛋手执那杆猎枪，枪托子挂地，枪口塞着红布条，作势阻拦道：

"翻译官，请你告诉岛田，我们队长说了，今天会谈，除岛田之外，不许日方一兵一卒进入教堂！我们拢共一杆猎枪，也不会带进里头。"

不待翻译讲话，岛田挥挥手，让士兵们留在门外，只带着翻译官，走进大院。

一进大院，迎头就是教堂正门。正门这儿，李开方和唐二忠立在门边，唐二忠手持一根棒子。唐二忠指着李开方冲岛田说：

"岛田，这位就是你要抓捕归案的唐家山民兵队队长李开方！"

李开方双眼直视岛田，面色平静如水，眼神蕴满雷火。

岛田微微点头，鞠躬言道：

"失敬，失敬！"

李开方示意，唐二忠高高举起棒子。李开方盯着岛田厉声说：

"岛田，你枉为一名军人，你曾经指挥部下平白无故毒打过这个庄稼人。你看见这个庄稼人举着的棒子了吧？"

岛田有些发怵，求助似的看着翻译官。翻译官忙发问：

"李队长，你们这是要？"

李开方正色言道：

"岛田，你听着。我们也长着手，拿起棒子也能打人。但在今天，我们第一不会打你，第二也不让你猪狗似的趴下受辱。我们只是要你知道——我们中国人，有理不打上门客。"

岛田犹豫片刻，向前两步，向唐二忠鞠躬下去：

"对不起！"

唐二忠放下棒子，做个手势：

"里边请！"

教堂大厅里，唐汉宸和卫德迈迎着了岛田和翻译官。

岛田分头向两人鞠躬，两人也都颔首致意回礼了。

教堂内，空荡荡的，被劫掠过的痕迹仍在。唐汉宸环顾教堂上下，对岛田说道：

"美国人、日本人，在我们中国老百姓眼里，都是外国人。美国人，这个卫德迈先生，行好积善，救助孤苦，老百姓就认他是个好人。你们日本人，冲进教堂来打人杀人，向圣像开枪，卫德迈先生毫无还手之力，你们是厉害，可中国老百姓心里向着谁？向着美国人。"

耶稣像在教堂顶部悲悯下视，胸部遭枪击的弹孔俨然。

卫德迈也对岛田言道：

"武力威慑，暴力战胜，我看是只能逞凶一时。这一点，我们西方人也应该好好检讨。中国古来典籍，强调民心向背，载舟覆舟，不知岛田先生是否留意过啊？"

岛田一时语塞。

李开方说：

"两位老先生，省点唾沫星子吧！要叫我说，你们这是给狼念经，对牛弹琴！"

卫德迈又是几乎叫起来：

"'给狼念经，对牛弹琴！'哈哈，李先生你说得太生动了！——岛田先生，对不起。我只是赞叹中国民间有如此生动的语言，绝无其他意思。"

岛田脸色好不尴尬。

唐汉宸不再得理不饶人，岔开话题：

"卫先生，忘了问一声——保罗教士的遗体，咱们迎回来之后，教堂方面将如何处置？"

卫德迈郑重答复道：

"保罗教士在中国殉职，他的遗体当然是要葬在中国！"

唐汉宸点点头。

穿过教堂，前面是会客室。卫德迈做手势邀请：

"岛田先生，请！"

6.

男人青壮都到小河湾办大事去了，唐家山的其他人也没闲着。依照唐汉宸的安排，分头忙碌。

唐家大院，女人们聚集起来。

外院伙房这儿，蒸汽升腾。唐家老夫人为首，女人们正在从蒸笼里下干粮。蒸熟的，归入筐箩；面案上的，准备上笼屉。各种供品花样百出，有枣山馍馍、生肖面塑，不一而足。

里院是何家老太太为首，大家正在铰剪、粘贴清明节祭祀所用的各种纸品，有金银元宝锞子、纸钱、小旗、纸幡、纸络等。

铰剪着祭祀用品，何家老太太不禁念叨：

"唉，眼瞻就是清明节，上坟、祭祖、打墓、迁葬的日子呀。我那贤良的媳妇死得冤呀！我老婆子是白发人送黑发人呀！"

念叨着，说话就带了哭音，泪珠扑噜扑噜滴落，滴在纸品上。

念念叨叨，不自禁变成了哀哭……

唐家场院这头，工匠们正在打制四口棺材。

有了迎回四位死者遗体的说法，唐汉宸就着手这件事了。日子紧迫，哪里来得及购置材料、解板晾晒，这就动用了唐家早年存留的棺木板材。何家老太太以及李开方，都过意不去，表示要出些银钱，唐汉宸都挡了回去。话说是"死人不张口，一天吃一斗"，丧事打发，普通农户撮干家底，三年不得翻身者有的是。唐家富足一些，理该出点力气。公理道义，唐汉宸当仁不让。

木匠师傅和徒弟们在铆合最后一口棺材。一口棺材八块板，讲究那叫"八仙板"。前面已经做妥当的几口，漆匠在油刷，画匠在彩画。铆合棺木，除了卯榫，用的是上好的鱼鳔，所谓"三十年水胶七十年鳔"。四个人都死得惨烈，末了躺一口棺材，唐汉宸不惜几个银钱，务必不能草草。

唐家老夫人眼圈红红的，和女人们端来歇工干粮：

"匠人师傅们，歇歇工，喝水吃干粮吧！"

唐四爷就说：

"汉宸家的，何家老太太又在你院里哭开了？"

唐家老夫人回说：

"唉，孤柴难着，孤人难活，好端端的一家人，家破人亡呀！老太太心里难过，叫哭一哭吧。"

唐四爷叹口气说：

"唉，汉宸他们正和日本人谈着哩。等迎回骨椁来，媳妇如玉落葬、儿子的骨殖还不知道埋在哪里，那老太太可该咋个痛心号哭？日本人，造了大孽啦！那日本鬼子往后的结果，能好得了？"

7.

小教堂会客室。三方会谈已到实质阶段。

岛田起身，对唐汉宸和李开方深深鞠躬，说道：

"对于唐家山村民保全我皇军将士的骨灰，唐先生慨然应承将亲自送还，岛田代表大日本军方和阵亡将士的亲属，表示由衷的谢意！"

唐汉宸点头回礼：

"好说。在送还贵方骨灰的同时，我方将迎回美国传教士保罗连同中国三位受害者的遗体。"

李开方说：

"人，已然被你们杀害，我们不过是希望让死者尽早入土为安。就这样一点起码的心愿，岛田你竟然执意不许！看看我们中国人，你们还有一点人性没有？"

岛田又向李开方鞠躬道：

"对不起！"

卫德迈接着说：

"此前，你们仗恃武力一再逼迫，包括杀害无辜施加压力，非要让唐先生出任维持会会长，实属强人所难！"

就此话题，唐汉宸慨然道：

"借今天这个场合，唐某愿意把话堂堂正正讲在当面。岛田先生，你是打进我们中国的侵略者，你有东洋刀，你有三八枪，被你刀枪屠戮的中国人多了去啦！唐汉宸敬神灵、敬祖宗，畏天命、畏大人、畏圣人之言，就是不畏强暴、不敬侵略者。三军可夺帅，匹夫不可夺志也。维持会会长，宁死不当！"

岛田略有迟疑，应对也还敏捷：

"这个，阁下的风骨，岛田唯有钦仰敬重了。"

翻译官在旁提醒：

"双方交换遗体骨灰的时间，还请再次确认。"

唐汉宸说道：

"交还贵方骨灰，迎还我方遗体，时间定在夏历清明节！"

卫德迈带着几分感慨地说：

"今年中国的清明节，正好是我们基督教的复活节！这样的巧合百年一遇啊。这是一个奇迹，简直就是神意——岛田先生，我们三方都不要违背神明的意志吧？"

岛田回答：

"能在清明节迎回我方将士遗骨，这同样符合我们大日本的国情民俗。对此，在下没有异议。"

唐汉宸格外强调：

"清明节呀，'清明'二字，意蕴深远。中美两国和日本国是交战国，老汉我提议，清明节当天，在唐家山、汉王镇一带，我们不起战事，不动武、不开枪。岛田先生你看如何？"

岛田毫不犹豫：

"在下完全赞同！"

卫德迈握紧胸前十字架：

"清明无战事，复活节无战事！"

李开方逼视岛田：

"清明无战事，我堂堂中华仁义之邦，绝不违反！"

岛田军姿笔挺：

"本人愿以大日本军人的荣誉担保！"

唐汉宸当先端起茶杯，三方四人以茶当酒，碰杯成盟。

CHAPTER 09
第九章

1.

李开方听了唐汉宸的话语，打消了谈判时节活捉岛田的念头。吕三太满以为说动了李开方，谁知正式谈判的前夕，李开方说是仔细想过了，不同意借谈判机会动武。吕三太又叫又跳，在李家小院闹得不亦乐乎。一时说他不服，真怕他到会谈现场弄出什么乖戾花样，打早没让他上小河湾。吕三太恼悻悻的，在村里踢鸡骂狗，找不到出气的机会。等谈判的人陆续回村，抓住二毛蛋询问一回，听说了最终的谈判结果，气势汹汹找上唐家大院来。

唐家大院，本来就支着锅灶款待匠人，这时一并招呼大家伙儿开饭。

唐家老夫人在灶头忙碌，女人们从伙房向外端饭上菜。

外院摆了一张条案，上面满是花馍大烩菜，匠人们有的蹲有的坐吃喝。里院摆了方桌板凳，唐汉宸陪着唐四爷、何家老太太雅静用餐。李开方和二毛蛋一干民兵，唐二忠招呼着，也在檐下开了饭。

吕三太扛着大刀片子，从大门上一路嚷进来：

"哈哈，好哇！和日本鬼子秘密勾结完了，回来馒头大烩菜的吃上啦！"

匠人们不知就里，未免吃惊，吃饭的众人也都皱起了眉头。

唐二忠将饭碗蹾在窗台上，出面对付不速之客：

"真是疯狗乱咬人，谁和日本鬼子勾结啦？"

吕三太拿大刀指指画画，连李开方也画在圈子里：

"你们和日本鬼子谈的条件，我都知道啦！"

唐二忠便道：

"谈判结果，原本也不瞒人。哪一条又不合你这民兵大爷的口味啦？"

吕三太却冲着唐汉宸来了：

"唐汉宸，我来问你：日本鬼子的骨灰明明在我们手里，你们为什么不叫鬼子来领取？唐汉宸你为啥要巴巴地给日本鬼子送去？"

唐二忠势不会让东家和那主儿对吵，堵在中间道：

"唐家有骡马，又不用你拉车，你着急什么？"

唐四爷也好生来解释：

"三太呀，咱们人夫马匹地去迎灵，给炮台上送回骨灰，不过是顺道儿的营生。汉宸做事我赞成，显着咱中国人仁至义尽。"

吕三太不听这个：

"仁至义尽？你老汉吃上馒头大烩菜，净拣好听的说。我看这分明就是巴结讨好日本鬼子！"

唐二忠气得变了脸：

"天理良心，匠人把式的，咱们定下清明节当天动土安葬，没有这一条，骨灰不到手，日本鬼子不让咱迎灵啊！"

李开方见外院的匠人们也都围拢过来，出头劝阻吕三太：

"三太，咱们送还日本人的骨灰，岛田同意咱们迎回几个人的遗骨，条件对等，怎么能说成是讨好鬼子？"

吕三太就冲着李开方质问：

"不是讨好鬼子？我来问你，咱们说好的，本来能活捉鬼子岛田，结果你是半道变卦，拉稀软蛋。你说，唐汉宸给你灌了什么迷魂汤？你要有种，就把你们的私下勾搭讲在明处！"

李开方的脸色倏红倏白：

"吕三太你找过我，要我活捉岛田；汉宸叔也找过我，劝我不能在谈判的时候动粗。你找我不算勾搭，怎么能说别人找我就是勾搭？汉宸叔说的有道理，我就乐意听他的，怎么就叫灌了迷魂汤？我们都在讨好鬼子，全唐家山就你一个人坚决抗日，吕三太你自个儿想想，是不是那么回事？"

唐四爷就说：

"开方这几句话在理。汉宸代表村人出头，开方代表民兵出面，正儿八经和日本人谈判，谈判下来的条款，还有卫德迈先生见证，怎么能说是和鬼子秘密勾结？三太后生说话，太霸道啦！"

吕三太就冲唐四爷来了：

"你也没上小河湾，不用给我倚老卖老。就按他们谈判下的，既然咱们的人要上炮台送骨灰，为什么不趁机端了鬼子的炮楼？你们光知道往回拉死人骨桩，就是不考虑怎么打鬼子！"

李开方平静地说道：

"三太，不用说这没用的大话啦。说到打鬼子，我李开方能不考虑呀？炮楼那儿咱们去过，拢共一杆鸟枪，怎么就能端了鬼子炮楼？"

"咱们还有地雷！带着地雷冲进去，点着了，顶多不过是和岛田他同归于尽！"

"就算炸死个把鬼子，其他后果你就啥也不管啦？"

吕三太还是那话：

"反正炸死一个够本，炸死两个我赚一个！"

唐二忠实在忍不住，专挑吃劲的话来说：

"吕三太，你算了吧！你躲在玉米秆子后头的那点出息，谁不知道？咱的地雷现成，不用旁人，通过毛莠子就能保证把你送进炮台，你去炸一回炮楼子给人看看！"

吕三太打了磕巴：

"你、你，你让我单独一个人去送死啊？你们在家里乐呵呵地吃馒头大烩菜啊？"

匠人们有的摇头，有的撇嘴。何家老太太此时发话了：

"一看见吕三太我就脑仁儿疼。我的活祖宗，成事不足败事有余，你快点哪里风顺哪里去吧！"

吕三太用刀尖指了何家老太太：

"这里是唐家大院,不是你何家大院,我想来就来!老得快咬不动了,你还想磕打我呀?今天我还把话撂在这儿,说不下个长短,三爷我就不走!"

李开方真生气了:

"吕三太,你太过分啦!你给谁当三爷?在人家院里,刀尖子指人,骂骂咧咧,你还有完没完?"

"你不用给我摆队长的架子,李开方你不够格!跟上地主老财跑,唐汉宸一口棺材把你买下啦?光记着你老婆的骨榇能回来,能打鬼子你不打,你也快成了汉奸啦!"

李开方这里就卷袖子,白了脸道:

"吕三太!你说谁是汉奸?"

看两人要往一搭扑,唐二忠忙拦住李开方,二毛蛋过去拉住吕三太,唐家大院乱成一团。

唐四爷看看场面,低声对唐汉宸说:

"汉宸,你说两句吧。看看闹成啥样儿啦!"

不等唐汉宸表态,唐四爷站起来喊道:

"村人老少,咱们听汉宸说几句吧!在人家的院子里,不能毛莠子还嫌谷穗碍事!"

唐汉宸站起身,环顾众人一回,朗声说道:

"四爷叫我说几句,我就说上几句。唐家祖上给我留下这份家产,我确实也是个地主老财。地主老财就不恨鬼子、不打鬼子?也不尽然。谁都知道,鬼子的炮台是在汉王镇,假如一开头那炮台就建在咱唐家山,唐家山村子里谁去伺候了鬼子,当了毛荞子、疤瘌五,还真不一定。眼下嘛,这院子还是我的院子,脑袋还长在我的脖子上。川地、后山,有点儿家产的,众人都听说了,有让大刀片子砍了脑袋的,也有给大石头敲了脑瓜的。说是汉奸。汉奸嘛,死了活该!吕三太话里话外,说我是汉奸,也不止一回了。说话嘛,谁能堵住嘴巴子不许你说?至于要砍我的脑袋嘛,恐怕你一时也还办不到。唐家山的事儿,该管,我还得管!"

唐四爷连忙说:

"汉宸,你也不用说那气话啦。你怎么做人、怎么处事,村人都长着眼睛哩!唐家山的事,你怎么能撒手不管?三太嚷嚷半天,我看是这么着。已然过去了的,没有活捉岛田呀什么的,再吵吵也没用了。截至眼下,这不是要往炮台上送骨灰吗?三太的主张,说来一句话,就是要民兵们趁这个机会去端日本人的炮楼子。众人七沟八岔乱吵一通,都岔到隔壁去了。汉宸你得说说这个:端炮楼子,到底行不行?"

吕三太道:

"这老汉,半天说了一句正经话!"

唐汉宸平平语气说:

"我就说说这端炮楼。端炮楼、打鬼子,谁能说不是好事情?可咱们的武器火力,确实差得太多。我要脑子热了,鼓动上民兵去端炮楼,那是唐家山十来个精壮后生的命呀!打鬼子好,但不考虑后果,我不赞成。至于眼下,已然和岛田达成协议,我认为就得遵守。莫说咱端不掉炮楼,就算能办到,我也不答应。不守信义,公然使诈,我唐汉宸做不出来！"

吕三太顶着话茬道：

"唐家山的事儿，你唐汉宸一个人说了算啊？你凭什么要拦住我们民兵，不许我们打鬼子？"

唐汉宸淡然一笑：

"三太问得好！三太说话急，其实话里有骨头。唐家山的事，是众人的事，哪里能我一个人说了算！特别是民兵的事，我最多是出个参详主意。就说端炮楼吧，打仗嘛，哪能四平八稳一点不冒险？保证端掉炮楼，咱的人一点也不损伤，世上哪有这样的好事！开方你是民兵队队长，现在改主意也来得及。你们决定端炮楼，我绝不阻拦！和岛田谈判下的，讲定了的协议条款，我让二忠上炮台，给人家说清楚。我唐汉宸说话不算数，是我放了屁啦！丢人，丢我唐汉宸的人，不能算在众人头上！"

唐汉宸回头对唐四爷道：

"四爷，我就说这么些了。唐家山的事儿，我也只能管到这儿了。"

众人都看李开方。

唐四爷冲李开方和吕三太道：

"开方，还有三太，汉宸他把话说在这儿啦。他戴不动一顶汉奸帽子，不能拦着你们民兵，不叫你们端炮楼。况且你们非要端炮楼，谁能拦得住？三太这会儿扛上大刀去攻炮台、杀鬼子，保准没人拦着。"

吕三太抢着道：

"一说端炮楼，唐汉宸他就要缩脖子、躲自在啊？还想着提前给鬼子通风报信。不成，我吕三太坚决不答应！唐汉宸他必须按我们说的办：他还是要出面给炮台上送骨灰，这样才能迷惑了鬼子。我们民兵，跟上大车，一道上炮台，然后来个突然袭击，一举攻下炮台，端掉鬼子的炮楼！我吕三太就是这个主张，唐汉宸，你说，你干不干吧？"

说着，吕三太手中的大刀片子指定唐汉宸的脖颈，看样子，唐汉宸假如不答应，他就要当场执法。

唐二忠作势要上前夺刀，被唐汉宸挡下。唐汉宸干脆坐回条凳上去，定定地看着吕三太道：

"吕三太，你不是民兵队队长，我也不是民兵，你还真个指派不了我。天底下，只有我爹活着的时候能强迫我干点什么，除此而外，岛田鬼子都别想指派我。送骨灰上炮台，换回咱几个人的遗体来，我去！那是我唐汉宸心甘情愿。要我背信弃义，说了不算，跟上你去行奸使诈，我还就是不去！在我的院子里，我看谁敢来我脖子上使大刀！"

吕三太拿着个大刀，横端着不是，竖举着也不是，像是卖炭的丢了驴，挺着个黑大架。

唐四爷赶忙说：

"开方，你是民兵队的一队之长，你得说话呀！你们实在非要去端炮楼不可，民兵队回你家院里吵吵去，不要在人家院里折腾啦！唐家山的事，汉宸不管了，谁还能管得了？我们也该散席啦，众人各家回各家吧！"

李开方大声说：

"汉宸叔、四爷，各位村亲乡邻们，和日本鬼子谈判是个大事，三太关心谈判结果，也在情理之中。他说话不讲究，我也是个年轻人，说得不妥当的地方，众人还得担待。今天在谈判的现场，这是明说，我都几回想动手来着。岛田鬼子，我和他是仇人见面呀！可是，头一条，我想让樱桃入土为安。夫妻一场，我总得把她安葬了，哪怕随后再和鬼子拼命哩！第二条，我想来，抓住岛田，当场扭断他的脖子我能办到，可是，我却挡不住鬼子大部队来报复。吕三太或许会说：害怕鬼子报复，那咱们就不要打鬼子啦？我想是这么个道理：民兵打鬼子，民兵就要能担当。不能把无辜的老百姓牵连进来。万一出下大血案，唐家山几百口人命，这个责任十个李开方也担不起。吕三太今天贸然说起个端炮楼，我想这个道理是一样的。前头两家谈判不能动手，这回正经实行协议条款，咱们就能耍奸使诈呀？"

吕三太不耐烦了，掂着大刀指住李开方道：

"李开方，你也不用弯弯绕、连环套，你就老实说吧——趁这个机会去端炮楼，你这个民兵队队长干不干？"

李开方说：

"你先把大刀拿开！疤癞五带人来村里放火那回，你的勇气哪里去了？就是光能冲自己人咋呼啊？口口声声说汉宸叔是汉奸，说我也是汉奸脑袋，你有什么资格这么说话？听过一回上级报告，你就成了上级啦？"

唐四爷拿烟锅子格开吕三太的大刀，说道：

"看看，看看，又吵上啦！开方呀，这里成了你们民兵队的队部啦？你们到底端炮楼子不端？村人就等着听你的主张哪！"

李开方看看唐汉宸，又看看吕三太，冲着众人大声道：

"鬼子我是要打，而且要打到底。可是这一回，已经和日本人谈定了，说好了清明无战事，就照这个办！一句话，民兵队这回不去端炮楼！"

李开方一语落地，众人点头。

唐四爷点起一锅子旱烟抽起来。

吕三太看看场面，咬牙切齿地说道：

"好好，你唐汉宸是周边四乡八里'一杆旗'，众人都捧着你。你不支持我们端鬼子的炮楼，乖乖给鬼子送骨灰，对鬼子讲仁义，这就是不折不扣的汉奸行为！李开方，你这个民兵队队长是个假革命！你和地主老财伙穿了一条裤子！我吕三太把话撂在这儿，我要去找上级。我要代表人民要求抗日政权枪毙唐汉宸这个大汉奸！砍不倒他这杆旗，我不姓吕！"

吕三太手执大刀，气哼哼地去了。

唐四爷昏花老眼满是疑问：

"这是中了哪门子邪？莫非他倒成了唐家山的一杆旗？"

2.

听说吕三太还真个是锁了他的破房，到区上找上级告状去了。大家议论两天，也罢了。

被人告状，唐汉宸和李开方心里头难免有些腻歪。但清明节快要到来，要忙着筹划眼下的大事，其他的，该放下也得放下。

上炮台送还日本人的骨灰，这件事唐汉宸挺身自任，一力担当下来。迎还咱的亲人遗骸，由李开方率领民兵村人负责。

其间，种种具体细节，各样可能，商量了几个来回。鬼子心性，唐汉宸首先就信他不过。诚信仁义，到底只是我们能管得了自个儿，岂能料定鬼子也一定会仁义诚信？岛田磕头虫儿似的，那是骨灰还没有到手。一旦骨灰到手，说不定会对民兵们来个突然袭击。如何制约对方，整个事态不能失控，唐汉宸觉得重负如山。想了几个方案，只讲给李开方和唐二忠。最终定下主意，就那么办，也只能那么办。

说话间，就到了清明节。

掩埋日方骨灰的土崖这儿，唐二忠赶来大车停在地头。唐汉宸肃然站立近边，监督整个动土仪式。

本村几个寻常打墓落葬的土工，挖开土窑，将日方骨灰盒搬上大车，码垛整齐。唐二忠用油布蒙盖严实了，外头绳索加固妥当。

整个操作过程，依乡俗迁葬移灵的规矩办理。

请到邻村左近一带有名的阴阳先生，操持法事。阴阳先生身穿法衣，手持桃木剑，作法念咒，焚烧法符。

有一名鼓手、两名唢呐手，吹打起动土移灵的《小开门》。

阴阳先生和吹鼓手们，按规矩完成了该有的程序，因为还要赶到镇子上主持自家人的迁葬，与唐汉宸打个简单招呼，告辞离去。

土工们在那儿回填土窑，大车启动之前，唐汉宸面带戚容，拈香三炷，奠酒三盅，焚烧素纸一封。面对一车日本人的骨灰，念叨了几句：

"不在你们日本国好生待着,远道三千,跨山渡海来打中国,抛尸异域他乡,何苦来哉?唉!家人等盼着哩,你们这就起身回家啦!"

唐二忠将两支小幡幢插上车厢两侧,点燃一串挂鞭。

鞭炮声中,大车启动。

3.

汉王镇日军炮台大院,一早也做好了迎接骨灰的准备。

军旗低垂,外院当院心布置了一座灵台。灵台两侧,各有四个日军兵士仪容肃穆充任仪仗,枪支架在一边。

灵台旁边的留声机里,响着低回悲凉的乐曲。

里院中队部,岛田单独召见了疤癞五。

日军骨灰将在清明节回到炮台,岛田禀报了上级。上级口头表彰,颇多奖掖话语。但那天小河湾教堂会谈,岛田隐忍不发,心底愈加痛恨唐汉宸和李开方,以及那个混账传教士卫德迈。大日本皇军的军官,竟然对自己的敌国对手低三下四,忍气吞声,想来好不窝火。还有那个唐二忠,举起木棒,威胁堂堂大日本皇军,自己当场还生出了几分恐惧。那个李开方一定看到了!这简直就是莫大的耻辱!

心底念头作怪纠缠,岛田到底生出一个主意。召来疤癞五,岛田神色严厉,劈头便说:

"疤癞五,今天是个非常的日子。皇军将迎回阵亡将士的骨灰,中国人也要拉走他们死者的遗体,我问你:你会站在哪方?"

疤瘌五眼珠骨碌：

"大太君，我是咱们皇军的特务队队长，疤瘌五从来都是坚决站在皇军这方的呀！"

"是啊，从来都是。自从你干了我的特务队队长，中国人就叫你汉奸啦！"

"是啊，是啊，我、我是汉奸！我疤瘌五是他娘的中国人里的汉奸啊！"

岛田逼视过来：

"中国人会怎样对付汉奸，恐怖程度无须我多说。"

疤瘌五硬硬脖颈：

"疤瘌五名声在外，臭不可闻，除了死心塌地效忠皇军，我是再没有别的退路了！"

岛田拍拍疤瘌五的肩膀：

"好！你的态度令我非常满意！"

疤瘌五刚要胁肩谄笑，岛田猛地抓住他的领口道：

"今天，一旦皇军的骨灰到手，你的特务队要立即执行我的一条命令！"

"什、什么命令？大太君你尽管说！"

"突然开枪，将李开方等可恶的民兵抗日分子统统击毙！"

疤瘌五眼睛瞪得铃铛大小：

"大太君，这这这，这命令……"

"你必须服从命令！"

疤瘌五好不容易挣开了，松松领口，苦着脸道：

"可是，大太君，清明节双方不动武、不开枪，满汉王镇嚷嚷得尽人皆知……"

岛田沉着脸说：

"双方不动武，我以大日本军人的荣誉担保过了，我们大日本皇军作为一方，当然不会开枪杀人。但你的情况，完全不同！"

疤瘌五扭着身子：

"大太君，我、我也是咱们皇军一方的呀！"

岛田阴鸷了脸，甚至作势要拔枪：

"怎么，你要违抗命令吗？"

疤瘌五再也不敢言语，岛田将行动计划细细讲说一番。

疤瘌五哭丧着脸退出中队部。

4.

艳阳初上，初春野外的大路上，唐家山迎灵的队伍，浩浩荡荡开向汉王镇。

旗幡执事，种种祭品香烛，殡葬物事，应有尽有。鼓手、唢呐班子，都依民俗请到。

特别是死者的家属人主，包括亲戚六人，更是披麻戴孝，依次跟在棺材后面。四具棺材，油漆彩画，摆在丧舆之上，都是八人抬了。

队伍当先，李开方和民兵们头系孝带。卫德迈一身黑袍，手举十字架。

队伍中，那位阴阳先生将法衣襟裾塞在腰间，紧走几步追上唐四爷，低声说道：

"我说四爷，我怎么一看见那炮楼子心里就发虚，日本鬼子不讲信义，要是万一……"

唐四爷要主持今天的迎灵仪式，一身青布衣装，坦然说道：

"岛田看重的是他们的骨灰，东西不到手，他们敢动武呀？这事儿，我家汉宸心底有谱。他押送骨灰亲自上炮台，一切有他！"

说话间，汉王镇炮台已是近在眼前。

汉王镇大街上，商家店铺都停止营业，多数在门口预备了香案。

镇上住户，男女老少，人群聚集在大街两厢，引领翘望。

警备队的伪军，均匀散布在路段上。由镇子通往乱葬岗的街口，设置了路卡。值星排长，还是歪戴帽子，在路卡这儿向部下交代任务：

"弟兄们听好了，皇军的骨灰一到炮台，这里马上开放路卡，让迎灵的队伍通过。侯队长特别布置：维持秩序只是捎带，今天的主要任务是盯着特务队一干杂毛。王八蛋们胆敢胡来，下了狗日们的枪！"

见弟兄们都点头答应了，值星排长掏出香烟，给大伙撒出一排子。

5.

这个时候，炮台大院里，岛田正在灵台前焦急踱步。

翻译官注意到，炮楼上负责瞭望的日军挥动旗语告知：有人到来。

翻译官连忙禀报岛田，岛田抬头读过旗语，转头注视大门那里。

疤瘌五颠颠儿地从大门外奔进来报告：

"大太君，他们来啦！"

岛田忙问：

"来了多少民兵？对方有无敌意？"

疤瘌五回说：

"民兵？没有，没有。我见只是唐汉宸自个儿，还有那个赶车的。"

岛田毫不松懈，说道：

"不得放松警惕，要严格检查车辆！——你给我记住：只要骨灰到手，即刻采取行动！"

疤瘌五回身奔出炮台大门外，示意值岗伪军放下吊桥。唐二忠执鞭赶车，唐汉宸一身素淡，步行大车旁边，人和车走过桥板。

日军士兵和特务队的汉奸检查过车辆，掀开油布验看了骨灰盒，然后对唐汉宸和唐二忠贴近搜身。

疤瘌五在一旁客套：

"唐老爷子，按说今天不该这样，可是，嘿嘿，皇军的规矩嘛，嗨呀，可是委屈你啦！"

唐二忠说道：

"日本人的骨灰，已然如数拉来。你们该通知路卡那里放行了吧？"

疤瘌五回答：

"这个自然。"

说着，疤瘌五指派一名手下：

"去，通知侯队长那里，叫他开放路卡！"

翻译官迎了出来，连连向唐汉宸作揖行礼：

"唐老先生，辛苦啦！"

唐汉宸回礼：

"好说，好说。"

翻译官做了个邀请的手势，前面引路。唐汉宸在前，大车随后，进了炮台大院。

疤瘌五可着嗓子向门里喊：

"唐家山唐汉宸先生驾到！"

插着幡幢的大车进了大院，唐二忠回过车辆，将装满骨灰的大车尾部对准了灵台。

哀乐鸣响，灵台左右，八名仪仗兵始终打着立正行注目礼。

等大车停好后，岛田上前，向灵车深深鞠躬。

然后，岛田挥手让哀乐停止，走过来几步，朝着唐汉宸深深鞠躬道：

"对皇军阵亡将士骨灰，唐先生能来亲自礼送，岛田深表谢意！"

唐汉宸还以揖礼：

"'言必信，行必果'，我们谈定的事情，岂能失信？"

岛田又道：

"灵车如此布置，大日本皇军阵亡将士骨灰得到如此礼遇，岛田万分感动！"

唐汉宸答道：

"'己所不欲，勿施于人'，唐某不过是将心比心罢了。"

"那么，一路劳顿，请唐先生到客厅用茶。"

"贵军骨灰尚未交接，不忙吃茶。"

岛田尽礼委蛇过后，单刀直入：

"如此，敢问唐先生，我方早已准备停当，我等是否即刻举行交接仪式？"

唐汉宸自然是有备而来，温言回绝：

"这个嘛，还请岛田先生稍待。贵方骨灰已经来到炮台，验看无误，待会儿交还只是举手之劳。正式交还仪式，愚以为应该在我方人员遗体入殓移灵之后。不然，我们双方显得不对等、不公平，也不合礼数。"

唐汉宸说罢，示意唐二忠从车上取下方凳，递过小水壶，揖礼告罪，兀自坐下饮茶。

岛田吃了软钉子，有些不悦，但也一时无奈。

6.

乱葬岗这里，各色旗幡竖于墓地周遭，在春风里飘摇。

迎灵的大队人马来到现场，唐四爷和李开方即刻指拨人手，分头动作。

毛莠子成了今天的上场人物，奔前奔后的，一一指明四人掩埋的坟包墓穴。

阴阳先生看了墓地形势，先认定来龙和后土方位，钉下预先写好法符的桃木橛子。烧过朱砂符咒，桃木剑画出开挖墓穴的墓道位置。

唐四爷燃起三炷高香，烧过纸箔；二毛蛋在墓穴前放过三响大麻炮，一挂千字头的鞭炮。阴阳先生宝剑砍下，唐四爷发令动土。

四口棺材排开，对准墓道，等候遗体入殓。

棺材前的供桌上，祭品丰盛，香烛高烧；桌案上，并列四位死者的神主牌位。

墓穴打开，移动尸骸的时节，土工们都用毛巾掩了口鼻，毛巾上撒了烧酒。

唐四爷令死者的家人亲属，各依血缘辈分亲疏远近跪地行礼。

尸骸入殓之后，阴阳先生上前，亲自用七寸棺材钉咔咔地锲下，封了棺木。回到香案前，再次烧过法符，击动法铃，口中念念有词。

唐四爷当先执礼，上香、奠酒已毕，接过朱砂笔来点主。

——所谓点主，牌位上的"神主"二字，皆是预先墨写，唯有留下那个"主"字上面一点空缺。大礼祭祀时节，请年高德劭之人用朱砂笔添加那一点，是为点主。

点主完毕，唐四爷焚烧黄表纸，表告天地山川草木诸神。

阴阳先生用法刀劈碎石灰碗，高声喊：

"起灵！"

鞭炮、大麻炮陡然炸响，吹鼓手鼓乐高奏，吹打的是《大摆队》。前头左右两列旗幡执事，开始挪动；四口棺材，个个八台丧舆，抬夫们齐齐上肩。

因是骨骸迁葬，并非出殡，棺木前没人拉灵。民兵们两两一组，头系孝带，左右护卫。

人主女眷们跟在灵柩后面，乍然开始哭灵；亲属之后，才是乡邻等送葬人员。

灵柩前，有人抬了摆着神主牌位的香案，缓缓移动。唐四爷和卫德迈护卫了香案，卫德迈手捧十字架，一派虔敬。

鼓乐声响彻田野，直上云端；鼓乐声中，引魂幡高高在前，风中摇曳。

炮台大院这儿，唐汉宸安然静坐，慢慢品茶。唐二忠用艾蒿楗子点燃旱烟袋，管自吞云吐雾。

岛田略显焦躁，在灵台前来回踱步。

听得鼓乐声隐隐传来，岛田走来大车前催问：

"唐先生，贵方已经起灵，我们双方是否开始交接仪式？"

唐汉宸将茶壶放在大车辕盘上，起身回答：

"岛田先生，我看不忙。按说，正式交接时间，应该等我方灵榇回到唐家山。如此，才能算是公平对等。至少，唐家山的迎灵队伍也得离开汉王镇吧？倒不是老汉信不过你，是赤手空拳的老百姓，那些迎灵的亲属家人，害怕咱们皇军，大家底虚胆怯，也是难免。岛田先生何必太过猴急，让老百姓无端起疑呢？"

岛田拧紧眉头，走过一边吩咐疤癞五：

"你现在即刻到大街上去，密切关注现场情况！我这里一旦骨灰到手，三声枪响为号。你可听明白了？"

疤癞五会意点头，颠颠儿奔出大门。

唐二忠略有不安，唐汉宸稳坐如山。

疤癞五赶往大街上的途中，唐家山的迎灵队伍已经快到汉王镇街口。

驻足翘望的人们，只见迎灵队伍缓缓而来，即将进入街口。

商家、街坊，挨挨挤挤地原地等候，半桩娃娃们奔过街面，跑回家人那里报信。

街口路卡附近，几个特务队的汉奸，鬼头鬼脑、贼眉鼠眼的。警备队值星排长叼着烟卷，出言警告：

"特务队的，今儿个这阵势，你们可看明白了！唐汉宸和唐家山的老百姓，做事算是仁义到家啦。谁他娘的要再生别的歪心，警备队不会坐视！"

汉奸们嬉笑着脸回应什么，迎灵队伍越过路卡进入大街，鼓乐声乍然大作。

鞭炮、大麻炮震耳欲聋。

炮台大院里，耳际听得街上声响，岛田愈加焦躁，终于忍不住了，出言带了威慑的味道：

"唐先生，我方几乎是无条件接受了你们的所有要求，给予你极高的礼遇。请你最好识相点儿，尽快交付皇军骨灰！大日本皇军的忍耐是有限度的！"

唐汉宸转头向着唐二忠，微笑道：

"听见了吧？果然不出所料，岛田先生这是要来硬的啦！"

唐二忠口气也挺冲：

"说好的清明节不动武，我看小鬼子谁敢下手活抢！"

岛田变了脸叫道：

"放肆！"

岛田回头命令士兵：

"动手！"

日军几个仪仗兵，作势就要冲上。唐二忠从骨灰盒下车底板那里，抽出一根炮药引火线，同时吹吹艾蒿樱子，火头通红，一下子点燃了引火线，炸雷似的吼道：

"站住！"

引火线在骨灰盒近边哧哧燃烧，冲上来的日军登时吃惊：有的几乎吓傻，僵在那里；有的连忙伏倒在地，好生狼狈。

如此乍然变故，大出岛田意外，当下脸色大变，岔了嗓音：

"唐先生，千万不要！千万不能这样！"

唐汉宸示意唐二忠掐灭引火线，在大车旁从容站起，说道：

"岛田先生，你看见了吧？实话说，唐某是有点信不过你。人命关天，唐家山的乡邻们今天是否能平安迎回灵榇，唐某担着泼天的干系。你要是逼人太甚，在下只好以死相拼，连同这一大车骨灰，炸一个七零八落罢了！"

岛田连连鞠躬致歉：

"在下也是军令催逼，性急了一点。其实何至于如此呢？纯粹是误会！我以大日本皇军的军人荣誉担保，今天全体皇军士兵，绝对不会动武！"

岛田回头大声命令翻译官：

"朴翻译官，你火速跑步去镇子上，再次向警备队和特务队发布我的命令——务必保障唐家山迎灵队伍全体人员的安全！"

翻译官跑步出门，唐汉宸悠然坐回小凳上去。

岛田额头已满是汗水，眼神紧张，注视着唐二忠手中的艾蒿樱子。

7.

汉王镇大街上，所有商家一律停业。

粮店那儿，大秤斜斜拦住进口；临街小摊打饼子的，扣过了鏊子。无须伪军维持秩序，镇上居民自觉分列两厢。

一家敞着店门的小饭铺里，侯聚奎马靴踩着凳子抽烟，值星排长和两名伪军将疤瘌五裹胁进来。疤瘌五见了侯聚奎，怒气冲冲地嚷：

"侯队长，你们这是干什么？"

侯聚奎便说：

"警备队的任务是维持秩序。今天这场合，无论村里的、镇上的老百姓，还用维持吗？除非你手下那几个歪瓜裂枣给老子捣乱！"

疤瘌五忙分辩：

"哪能呢？咱们都是中国人……"

侯聚奎讪笑道：

"嘿嘿，在老百姓眼里，你，还有我，恐怕早就都不是中国人啦！"

此刻，殡葬队伍从大街那头银山雪海而来。

鼓乐鸣奏，如泣如诉，唢呐曲牌吹的是《大哭灵》。

香烛高烧，旗幡高扬。

各种祭品执事纸扎，次第罗列。

四口棺材缓缓移动，飘然如船行水上。

到了人众聚集处，三声大麻炮凌空炸响。硝烟四散、纸屑飞舞的当口，棺材前，四根高杆挑着的白绫齐刷刷放下来。

原来是四幅挽幛。白绫上大字如斗，正体字分别竖排书写：

美国义士，汉地英杰，夏氏巾帼，安家贞烈。

迎灵的亲属，老者悲戚，少者号啕。

护卫灵车的民兵，庄严肃穆。

卫德迈手举十字架，不胜悲戚。

唐四爷老泪横流。

众多商家，纷纷在门前摆供致祭。

住户看客，有的抽泣，有的抹泪，

伪军士兵，有的擦眼，有的叹息。

街口小饭铺里，翻译官气喘吁吁找来，疤癞五指画着外面连忙诉苦：

"我说翻译官，今天这阵势，我哪有机会动手收拾民兵？老朴，在大太君面前，你可得帮助兄弟说句公道话呀！"

侯聚奎听见了，巴掌拍响桌子：

"好呀！疤癞五你老小子今天果然是有任务！"

翻译官就连忙解释，说他并不知道大太君另外布置了什么任务，只是刚刚在炮台院里发生了意外情况，所以，前来传达大太君的命令。说着，翻译官反过来问疤癞五：

"大太君真的让你动手收拾民兵啊？这这，这也太不可能了吧？"

疤癞五眼珠骨碌，不知该讲明真相，还是该替大太君遮掩。侯聚奎在一旁冷笑连连。

迎灵队伍穿越大街，离开了镇子。

鼓乐远去，旗幡招摇。

8.

终于听得鼓乐声远去，炮台大院开始骨灰交接仪式。

唐汉宸上前，向岛田双手奉上自己抄录的日军骨灰名册，岛田深深鞠躬，双手捧接。

留声机播放日军军歌。

日军列队行注目礼。

岛田与军曹们脱帽鞠躬。

负责搬动骨灰的军士，戴着白手套，虔诚恭敬。

唐汉宸肃立一旁，执礼甚恭，目不旁顾。

——待搬完车上的所有骨灰，车厢底部，是连着导火线的几颗石雷和一箱火药。

这时，翻译官从大街上归来复命，敬礼报告：

"报告大太君，中方唐家山迎灵队伍已经离开汉王镇。现场一切正常。"

唐汉宸面现释然，看着岛田说道：

"我们双方的交换协议终于达成，唐汉宸幸不辱命！"

窝囊了一上午的岛田，骨灰终于到手，脸色陡然变得极为狰狞凶恶，几乎是从牙缝里说道：

"唐汉宸，你很满意，你很得意，是不是？可是，我很恼火，我很生气！"

唐汉宸坦然问道：

"不知岛田先生气从何来？"

"在我们日占区，你们胆敢截获皇军将士的骨灰，而且拒不交还，乃至以此要挟，是对皇军的极大不忠！"

"唐汉宸自幼忠于我华夏国族，原本就不会忠于你们这号明火执仗的强盗！为此生气，你也过分自作多情了吧？"

岛田拍拍自己的胸口：

"来到炮台，皇军对你以礼相待，可谓仁至义尽。你竟然怀疑日方诚意，车辆上预先安放炮药。唐汉宸，这是对皇军信誉的大不敬！"

唐汉宸冷笑一声：

"呵呵，仁至义尽？日本人学了半个汉字，哪里认得'仁义'二字？自甲午海战，你们日本，侵朝鲜、占琉球、霸台湾，九一八夺我东北、七七事变全面侵华，仗恃武力，霸道横行，大言不惭，说是建立起了什么'王道乐土'！包括阁下，焚掠教堂，轮奸妇女，滥杀中美无辜，暴行兽性，弃仁绝义，背道而驰，叫人如何尊敬？"

"那几个人的死亡，责任完全在你！是你唐汉宸一意孤行，拒不与皇军合作，分明属于见死不救！"

"岛田你杀人却要我来担责,蛮横霸道,莫此为甚!人已被你杀害,又不许亲人收尸。残贼人心,还有脸妄言什么仁义!"

"唐汉宸!你太狂傲啦!一再拒绝皇军的合作善意,直到刚才还在怀疑侮辱本人的皇军军官人格。今天,你必须向我道歉!"

唐汉宸直视岛田:

"向你道歉?正如唐某绝不维持鬼子,仁者有所不为!"

翻译官发现岛田气白了脸,作势伸手去摸枪套,上前劝解:

"大太君,今天双方达成协议,皇军将士的骨灰得以顺利归来……"

岛田怒不可遏,照翻译官脸上便是左右开弓两巴掌:

"朝鲜奴隶!你害怕我杀掉这个支那猪猡吗?"

岛田与唐汉宸唇枪舌剑的时节,侯聚奎、疤痢五等回到炮台大院。疤痢五看到翻译官挨巴掌,缩脖子往一旁躲。

岛田怒喝一声:

"疤痢五!你躲什么?"

疤痢五误会了,以为岛田发怒是嫌特务队没有完成任务,当下支支吾吾的,眼睛骨碌,看看侯聚奎,说道:

"本来嘛,我是要坚决执行大太君的命令的,可是侯队长他、他硬是拦住了我呀!"

侯聚奎反应敏捷,大声说道:

"大太君三令五申,说是清明无战事,今天不动武、不开枪。就是刚刚,朴翻译官再次到现场重申了大太君的命令。特务队竟然说是秉承了大太君的秘密指令,要一举消灭唐家山民兵;疤痢五他胆敢假传旨意,败坏大太君声誉,这事请大太君秉公处置!"

岛田想不到疤瘌五如此愚蠢,阴谋竟是这样被当场揭穿,登时无地自容,脸色倏忽变换,气急败坏地怒吼道:

"支那猪猡!竟敢假传我的命令,败坏大日本皇军的声誉!"

疤瘌五见岛田拔枪,吓得腿都软了,岔声号叫起来:

"大太君,天理良心,我哪敢假传命令,是你……"

岛田骤然拔枪,冲着疤瘌五连开三枪。

唐汉宸仰天大笑:

"岛田!好一个皇军军官的人格信誉!背信弃义,奸诈阴毒,到底不亏情叫你们小日本儿!"

岛田已然拉下脸,干脆不再伪装:

"唐汉宸!今天你还想离开炮台吗?"

唐汉宸毫无惧色:

"明告你岛田,今天来会你,我就没想着回去!"

岛田将军刀拔出半截,唐二忠见状,势如猛虎,就要动手。唐汉宸喝道:

"二忠,清明无战事,说好的不动武,不可胡来!"

唐二忠抓起炮药导火线,艾蒿樱子火头通红:

"东家,反正也是清明节,今天干脆'发送'了狗日的!"

岛田等见状,纷纷躲远。

唐汉宸旁若无人,冲唐二忠说道:

"二忠啊,今天这场面,岛田能叫我回去?来时路上,你是怎么答应我的？给我回去！日后见了大少二少，叫他们给我好生效忠国家，多多杀敌！劝慰老太太不要伤心，身子壮实些，还得好生教养唐家的孙子辈。一辈子不行，两辈子；两辈子不行，三辈子；不信中国人打不败他小日本儿！——老太太那儿，我安顿了，给你预备下百十个银圆，娶个媳妇，多多地生娃娃！你去吧！你得听东家的呀！"

唐二忠铁塔大汉，呼隆跪下：

"我的东家呀！"

尾 声

1.

唐二忠拜别东家,赶车离开炮台,一步一回头,看着炮台方向,任泪水横流,哭泣了远去。

毛莠子和几个特务队的汉奸,拉上疤癞五的尸体去掩埋。有两个特务摘下盒子枪,让别人捎回去,当下就不干特务队这营生了。汉奸嘛,不敢待在镇子上,也不能回乡,亡命天涯去了。

岛田刚刚被唐二忠同归于尽的气势震慑住了,放任那凶悍的车夫离开炮台扬长而去,这阵儿回过神来,命令炮楼顶部的机枪瞄准大道远处的目标,还要拿这一手来最后要挟唐汉宸。

唐汉宸戟指痛骂,绝不屈从。

机枪开了火,连续几个点射。

炮台大院的警备队就都怔住了,汉王镇大街上的商家住户也都发愣。刚刚的三声手枪,还听得像是炮仗;这歪把子机关枪,听得人心惊肉跳。唉,清明无战事,原来连这么一天安生日子也过不成。

就要到唐家山的沟口了,鬼子的机枪射程够远,真个打中了唐家大车。车上的火药轰地燃烧起来,惊了骡马。唐二忠猝不及防,驾驭不住,大车翻下了道边的路沟。

唐二忠刚要奔过去抢救,火药引燃了地雷导火线,几颗石雷突然爆炸。唐二忠被火焰扑了脸,衣服也烧着了。驾辕的骡子被炸死,搭捎的小马子拐了一条腿。

2.

唐家山迎灵的队伍走出汉王镇街口,鼓乐止歇,抬棺的杠夫们肩上吃重,甩开大步一路疾行。

卫德迈在教堂附近为保罗选了墓地,抬棺木的斜刺里去了小河湾。其余三口棺材,回到唐家山沟里,去往各家坟地,分头下葬。

回填墓道,堆垒坟包,安放石桌,焚烧纸幡,坟前插柳,墓后立石,还要最后奠酹。各家都有自己家族的懂礼人物来主持,一位阴阳先生要跑几处坟茔作法,忙得脚不着地。

提前说好了的,三家的亲朋人众移灵安葬罢后,都到唐家大院来用饭。卫德迈在小河湾那儿,离唐家大车着火爆炸的地点不远,听到了那剧烈的爆炸声。保罗落葬后，担心唐汉宸的安危，卫德迈也匆匆赶来唐家山。

进了唐家大院，只见李开方、唐四爷还有何家老太太等已在现场，神色俱都戚然。唐二忠蹲在屋檐下，双手捂脸，泪水从指缝淌落。

卫德迈忙问：

"唐先生呢？"

唐四爷指指上房，长叹一声道：

"唉，汉宸料定鬼子不会放他回来，他是豁出命来上的炮台啊！"

众人进入上房，当地桌案上，是唐汉宸临行前留下的一幅书法，上写陆放翁的绝笔《示儿》诗：

死去元知万事空，
但悲不见九州同。
王师北定中原日，
家祭无忘告乃翁！

3.

吕三太找到边区机关所在地，首长们都忙，秘书科一位姓贾的干事接待了他。

吕三太就把唐家山发生的种种，详细汇报了一回。贾干事从食堂打了一份饭，算是招待过了上访者。

边区机关工作忙，贾干事午后要往墙上写标语口号，下午还得参加报告会，匆匆送吕三太出来。

路过些依山而建的窑洞院，将他送到下山的路口。

吕三太再三请求：

"贾干事，你一定要把我说的情况反映给首长。唐家山广大人民群众，坚决要求枪毙大汉奸唐汉宸！"

贾干事是白净青年，留着机关干部时髦的偏分头，学着首长派头，拍拍吕三太的肩膀道：

"三太同志啊，比起上次见面，你的觉悟是更加提高了。趁着这次反扫荡战役的胜利，首长决定拿下汉王镇炮台，扩大我敌后根据地。唐汉宸的汉奸问题，如果属实，到时自然会得到清算的！"

4.

清明过后不两天，毛莠子敲着一面铜锣，哭丧着脸上汉王镇大街呐喊通告：

"镇上的商户居民听着，枪毙人啦，游街示众啦！"

天色阴霾，汉王镇大街气氛萧索。唐汉宸被伪军押解了，从炮台那面的街口走来，去往乱葬岗方向。

一家酒楼门前，抬出一张方桌，几家商户老板和镇上老者摆酒，要为唐汉宸送行。侯聚奎就让唐汉宸停下，听任老者们所为。

特务队几个汉奸，煞有介事地维持秩序，这时冲侯聚奎道：

"侯队长，这个恐怕不合适吧？"

侯聚奎不耐烦地挥挥手说：

"一边儿去！这是古来留下的老规矩，他娘的有什么不合适？——来，上酒！"

桌上排开三个大杯，斟满酒浆。

唐汉宸神色泰然，微笑了连连揖礼称谢：

"众位乡邻，唐汉宸多谢啦！"

众人仿佛不忍直视唐汉宸，但又知晓这是最后一面，目光里说不尽的万般情愫。

唐汉宸依次捧杯，虔诚祝祷：

"这一杯，敬献皇天后土！"

举杯过顶，然后恭谨奠酹于地：

"这一杯，敬献列祖列宗！"

末了举起第三杯，向众人作了一个罗圈揖，尔后徐徐饮下，亮过杯底道：

"人生在世，草木一秋，无愧天地先人，唐某夫复何求！"

翻译官和两个行刑的鬼子兵到来，要给唐汉宸上绑、插亡命旗。唐汉宸问道：

"朴先生，敢问亡命旗上写的什么？"

翻译官展开亡命旗给唐汉宸看，一边说：

"唐先生，这亡命旗是我写的，汉字写得不好，见笑了。七个字，你老听好了——'抗日分子唐汉宸'！"

唐汉宸拿过亡命旗看看，果然有"抗日分子"四个大字，乍然仰天

大笑,声震屋瓦:

"哈哈哈哈哈!'抗日分子',这个名堂好哇!我唐汉宸今番死得其所,进得了祖坟,对得起列祖列宗啦!"

随后,面容舒展安详,笑意盎然,从容就缚,慨然上路。

汉王镇民众泪眼模糊里,老先生脊背挺挺,步向大路远端。

远处,青天白云下,群山耸立。

5.

乱葬岗方向,一声枪响。

有宿鸟惊飞,盘旋空际。

汉王镇外,突然有三支大麻炮升空炸响。接着,从汉王镇到唐家山的大路上,相隔几百步,就有一支大麻炮依次凌空爆炸。

炮声和沟里两岸山崖的回声,裹挟呼应翻滚团囵,隆隆不绝,一路响到唐家大门。

炮声一路传来,唐家大门上,三声大麻炮炸响。

院里,搭了灵堂。

灵堂正中,悬挂了那幅笔力苍劲的《示儿》诗。

唐四爷、李开方、唐二忠几人当先,率众向唐汉宸牌位齐刷刷跪下。

李开方呐喊:

"唐家山阖村民众,为你老人家送行!"

与之同时,小河湾教堂,悠扬钟声,响彻天际……